武则天。

苏童

著

人民文学出版社

图书在版编目（CIP）数据

武则天／苏童著 . -- 北京 ：人民文学出版社，2024（2025.7重印）

ISBN 978-7-02-018691-4

Ⅰ . ①武… Ⅱ . ①苏… Ⅲ . ①长篇历史小说 - 中国 - 当代 Ⅳ . ① I247.5

中国国家版本馆 CIP 数据核字 (2024) 第 109908 号

责任编辑　黄彦博　王昌改
责任印制　苏文强

出版发行　人民文学出版社
社　　址　北京市朝内大街166号
邮政编码　100705

印　　刷　北京盛通印刷股份有限公司
经　　销　全国新华书店等

字　　数　127千字
开　　本　850毫米×1168毫米　1/32
印　　张　7.875
印　　数　20001—23000
版　　次　2024年9月北京第1版
印　　次　2025年7月第4次印刷

书　　号　978-7-02-018691-4
定　　价　48.00元

如有印装质量问题，请与本社图书销售中心调换。电话：010-65233595

自　序

　　我的写作忽疏忽密，持续有些年头了。谈创作，有时有气无力，有时声如洪钟，也谈了好些年头了。但给自己的书写自序，上一次似乎还要追溯到二十年前。我不知道我后来为什么这样抗拒写自序，就像不知道自己当初为什么那样热衷，我也不清楚自序的用途，究竟是为了对读者多说一些话，还是为了对自己多说一些话。

　　一般来说，我不习惯在自己的作品结尾标注完成时间，但我在头脑一片空茫之际，罕见地自我考古，找出二十多年前出版的小说集《少年血》，我意外地发现那本书的自序后面标记了一个清晰的时间：1992.12.28。自序提及我当时刚刚写完了一篇名叫《游泳池》的短篇，而篇末时间提醒我那是一个冬天的夜晚，快要庆祝1993年的元旦了。我想不起关于《游泳池》的写作细节了，能想起来的竟然是那些年我栖身的阁楼，低矮的天花板，狭窄的楼梯，有三处地方必须注意撞头，我习惯了在阁楼里低头缩肩的姿势。那些寒冷的冬夜，北风摇撼着老朽的木窗以及白铁匠邻居们存放在户外的铁皮，铁皮会发出风铃般的脆响。有时候风会从窗缝钻进来，在我的书桌上盘旋，很好奇地掀起稿纸的一角，我抹平稿纸，继续写。我想起我当时使用的一盏铁皮罩台灯，铁皮罩是铅灰色的，长方形的，但灯光很温暖，投射的面积很大，那时候没有任何取暖设备，但我写作的时候，手大部分时间泡在那温暖的光影里，并不冷。说这些我有些惭愧，感慨多，并非一件体面之事，但我想把如此这般的感慨体面地修饰一下：写作这件事，其实可以说得简单些，当时光流逝，写作就是我和岁月的故事，或者就是我和灯光的故事。

前不久听一位做投资的朋友概括他们考察项目的经验，说种种考察最终不外乎考察两点：一是你去哪里，二是你怎么去。会心一笑之间，忽然觉得这经验挪移到写作，一样地简洁可靠，创作其实也是一样的。你要去哪里？我们习惯说，让作品到远方去，甚至比远方更远；让作品到高处去，甚至比天空更高。这都很好，没有毛病。我们唯一的难题是怎么去，这样的旅程没有任何交通工具，甚至没有确定的路线图，只有依靠一字一句行走、探索，这样漫长的旅程看不到尽头，因此，我和很多人一样，选择将写作持续一生。

里尔克曾经给年轻的诗人们写信告诫："以深深的谦虚与耐性去期待一个新的豁然开朗的时刻，这才是艺术的生活，无论是理解或创造，都一样。"这封信至今并不过时，我想我们很多人都收到了这封信，我们很多人愿意手持这封信写作、生活，无论那个豁然开朗的时刻是否会来到，深深的谦虚与耐性都是写作者必须保持的品格，当然，那也是去远方必需的路条。

苏　童

目 录

才人武照

一

太宗时代的后宫不事修缮，一切都显得破陋而了无生气。后宫是皇帝的大花园，皇帝把美丽聪慧的女孩子随意地栽植在这里，让她们生根发芽开花结果，或者让她们成为枯枝残花自生自灭，这是许多宫廷故事的起源。

已故的荆州都督武士彟的女儿、十四岁的女孩武媚娘以美貌文才奉召入宫，这是她传奇一生的真正开始。

假如有人能找到贞观十五年的宫女名册，也许可以看见宫廷画师为才人武照画的画像，是一个宽额方颐蛾眉凤目的女孩，与别的乍入宫门的女孩不同，她的脸上没有笑容，一半骄矜遮掩着另一半忧伤。

皇城的红墙把十四岁的媚娘与外面的世界隔断了，从掖庭宫的窗户里可以看见雾霭蒙蒙的终南山，可以看见乌鸦和野雉在树梢上飞来飞去，但是媚娘看不见嘈杂的繁华的长安市井，看不见她的清寒之家，也看不见她的母亲和兄弟姐妹了。

像许多初入后宫的宫女一样，媚娘也常常泪水涟涟，掖庭宫漆黑的夜空和冷淡的阳光都会诱发她的哭泣。那些寂寞难挨的昼夜，媚娘静坐于孤衾薄被之上，凝视着自己手里的一只紫檀木球，从木球上散发的是她所熟悉的那股幽香，它熏香了锦带罗裙，与女孩特有的乳香融为一体，那是媚娘的母亲与姐妹啧啧称奇的香味。从木球上可以看见她的十四年时光是如何漂泊如何滚动，最后在阴暗潮湿的帝王后宫静止不动了，媚娘为深邃的不可预测的宫中生涯忧虑重重，事实上她的哭泣缘于一种无所适从的迷茫，与那因为思亲而夜半哀哭的小宫女不尽相同。

是寒冷的时有风雪的冬天，但十四岁的武才人在掖庭宫的一隅含苞待放。

那些早晨媚娘长时间地对镜梳妆，铜镜中的女孩手如柔莫、肤如凝脂，无须红粉胭脂的任何修饰，窗外鸟声啁啾，隐隐地可以听见终南山樵夫砍柴唱歌的回响，狭窄的永巷里有人匆忙而杂沓地通过，那是前往内宫侍奉早朝的宫人，他们每天早晨像鱼群游进嘉献门，黄昏后提着宫灯返归掖庭的每一间陋室。每天都是这样，媚娘知道那也将是她的生活。窗外的宫女们一颦一笑都有着相似的美丽或者相似的木然，不管是谁，她的豆蔻年华都可能是一注流水，在永巷的这条石板路上年复一年地流失。

媚娘记得两个古怪的只在晴天里出现的白头宫女，她们坐在一起晒太阳，苍老的脸颊因为沉重的粉妆而显得阴森可怖，她们总是在抬头观望天空，只要空中飘过一朵云彩，两个人就会惊惶地抬起凳子躲进室内。媚娘对两个白发宫女充满好奇，她问别的宫人，她们为什么怕云？宫人回答说，不是怕云，是怕雨，她们相信雨会把她们的皮肤淋坏了，媚娘觉得那两个老宫女的想法很荒唐但也很玄妙，她忍不住地悄悄跑到她们的窗前。从残破的窗纸里显现了另一幕后宫风景，它使十四岁的媚娘猝不及防，几乎发出惊叫之声。

姓关的老宫女坐在便桶上敲击着一副木鱼，而姓陈的老宫女正在一件件地解开她的肮脏的裙衩，媚娘看见了老宫女干瘪的松垂的乳房。她的一只手在搔痒，另一只手在搜寻亵衣上的虱子，把它们扔在炉子里烧死。

媚娘反身想走，但她的偷窥无疑已经被发现了，姓关的老宫女突然把手里的木鱼朝窗户上掷来，你在偷看什么？你想让宫监来剜掉你的眼睛吗？姓陈的老宫女却在里面粲然一笑，她对窗子说，别来偷看，我年轻的时候比你美出百倍，高祖皇帝宠幸过我八次，你呢，你被宠幸过几次？

初入后宫的媚娘花容失色，她捂着嘴奔回她的居室，似乎从一个噩梦里苏醒过来，她有点懊悔自己的冒失，本来她是可以把两个白头宫女视若草芥的，她跟她们有何相干呢？就像池中残荷和岸边新柳，它们本来形同陌路，属于两个不同的季节。

掖庭宫执事的宦官们热衷于议论宫女们的前景，当时他们对于才人武照的印象不过是聪颖过人和傲视群芳而已，鉴于天子太宗对柔弱温婉的嫔妃的偏爱，他们猜测才人武照受天子宠幸不会超过三次。而有关此项的记录后来果然印证了宦官们的猜测。一次是在武照入宫后的第二个月，另一次则是十年以后太宗征战高丽回宫的那个夜晚，疲倦而恍惚的太宗在就寝前把替他更衣的武才人拉上了天子龙榻。那时候武才人已经二十五岁，宦官们扳指一算，才人武照的两次临幸恰恰间隔了她的如花年华。

才人武照在太宗时代并没有像花朵一样含露开放。那些曾经漠视她的宦官绝没有想到时移事往乾坤扭转，掖庭宫里的才人武照后来登上了帝王的金銮之殿。

后宫数年媚娘看见了自己是如何屈卧于时光之水上沿宫墙漂游的，无数个黑夜媚娘向她父亲武士彟的亡灵合掌祈祷，父亲，扶我起来，别让我漂游得太快，别让我漂游得太快。她害怕黎明后从窗棂里漏进的淡蓝色晨光，天一亮意味着昨天逝去，寂寞的一天又将像风扫去她的一片青春绿叶。

没有人看见过武才人创造的滚木球游戏，她在地上画了一个个小白圈，那是她给紫檀木球规定的好运落点。武才人紧闭门窗，在幽暗的陋室里滚动那只紫檀木球，她想象白圈内是一个改变命运的好日子，她要小心地让紫檀木球停留在那里。事实上武才人的木球有许多次停在了小白圈内，但是好运似乎迟迟未见，也许它已经擦肩错过，也许它只是一个虚幻之梦，这种孤独的游戏为武才人消遣了许多枯寂的时光，却也使这个敏感多思的女子扼腕伤神。

媚娘记得天子召幸是一个春雨初歇的日子，早晨她被一阵梅花的清香熏醒，睁开眼睛却不知梅香来自何处，掖庭永巷不植花卉，梅花都在远远的甘露殿下盛开。十四岁的少女迷信所有美好的征兆，她怀着一种湿润的心情静坐卧榻之上，恍惚地期待着什么，到了暮色初降时她期待的事情果然来临了。

宦官们抬着一只红漆浴盆停留在门前，后面还有人抬着一桶热水，有宫女用红色器皿托着几枝香草，那群人就站在武才人的窗前朝里面张望着，媚娘听见了掖庭令尖厉的夸张的传旨声，赐才人武照沐浴。这个瞬间媚娘双颊飞红，泪水却夺眶而出。她将手指紧紧按住双唇，似乎是为了防止接旨的回应变成另一种喜悦的呐喊。

沐浴于香草清水之间，媚娘依稀想起母亲杨氏望女成凤的絮叨叮咛，母亲说进了宫门你别想我，别想任何人，你要天天想着皇帝，皇帝龙目会看见你的一颗忠敬之心。媚娘想皇帝也许看见了自己对他的忠敬之心。

沐浴、更衣和上妆，这些寻常的事情现在是被老宦官们所操持的，他们琐碎而不厌其烦地吩咐媚娘如何面对龙寝之夜。媚娘恍恍惚惚地允诺着，但她没有记住他们说了什么。

她只记得初更二点月色清朗，夜幕下的皇城反射着一片暗蓝色的微光。她像一只羔羊被宦官背进了嘉献门，跟随着四盏红绢灯笼朝甘露殿移去，她记得红绢灯笼的光晕小小的，圆圆的，它们恰恰聚敛了一个小宫女模糊而热切的梦想，那个夜晚有风突如其来吹乱她的白色裙裾，是洋溢着梅花清香的夜风，它让十四岁的媚娘心跳不止，恍惚是在梦中飘游。

媚娘记得太宗皇帝的天子仪容，一个蓄须的微胖的中年男子，黑黄色的有点浮肿的长脸，鹰鸷般锐利而明亮的眼睛，双鬓已经斑白，他的额头上始终奇怪地扎系着一条黄色缎带。媚娘记得天子之躯所散发的气息超然平淡，但是天子的手巨大而沉重，它像铁或者像冰从她颤索的身体上划过去，熟稔而潦草地划过去。媚娘在痛楚中看见天子以他神圣的下体把她切割成两个部分，一半扔出宫墙之外，另一半在龙榻上洇出鲜浓的血。

母亲杨氏曾经告诉媚娘，亡父武士彟早年与太宗皇帝有过交往，天子知道你是武士彟的女儿，也许会给你一份额外的恩宠。媚娘记住了母亲的话，但当她在甘露殿之夜鼓足勇气提到亡父的名字后马上就后悔了，因为太宗慵倦的回答使她立刻陷入了窘境。

武士彟是谁？名字很耳熟。太宗无疑是厌烦这类问题的。紧接着他真的想起了媚娘的父亲，太宗说，我记得他是个贩木材的商人，靠百两银子买了个朝廷命官。

媚娘记得她被宦官背出甘露殿时失望和屈辱的心情，她后悔自己在千金一刻未能赢得天子的欢心，她怀疑关于亡父的话题是愚蠢的不合时宜的，也许天子最忌讳触及他的弑兄逼父的往事？直到后来，当媚娘在后宫枯度十余年时光的那些夜晚，她多次审视着甘露殿之夜自己的错失，错失也许就在这里。假如她横空出世的梦想无法实现，也许就是因为这第一次也是唯一的一次错失。

为什么要祈求父亲的亡灵保佑自己呢？后来媚娘清醒地认识到那是一种浅俗的妇人之见，除了天子的恩宠，任何人对她的生活都是无所裨益的。

关于亡父的记忆其实是无穷无尽的旅途漂泊，从长安到利州，从利州到荆州，又从荆州回到长安。父亲在荆州都督任内病殁时媚娘刚满八岁。她的童年记忆也是从这一年开始变得清晰的。母亲杨氏带着她们姐妹三人扶棺还乡，那是一条漫长的凄凉的还乡路，父亲的黑红棺木在前面导路，后面的马车上就是她的悲哀的流徙之家，骄阳烈日和狂风暴雨在头顶上，追赶着乞讨钱粮的逃荒灾民就在官道两侧，马车的木轴发出尖厉干涩的摇晃声，她非常害怕负重的车轴突然断裂，害怕车夫把她一家抛在路上，她记得从母亲杨氏的眼睛里看见了相仿的恐惧。

那是贞观初年的事，就在辘辘而行的马车上，母亲杨氏第一次告诉她那个耸人听闻的预言，一个名叫袁天纲的星相家被褓褓中的女婴媚娘所震慑，他明确预言女婴长大后会君临天下。媚娘你知道袁天纲吗？母亲杨氏神秘的微笑亦真亦幻，你以后也许会君临天下，袁天纲说你以后会君临天下。

姓关和姓陈的白头宫女在某年冬天相继死去，媚娘看见两个宫役在一个难得的晴光丽日把陈姓宫女装进一口薄棺之内，有人洗去死者脸上厚重的粉彩，裸露出一张核桃般枯皱苍老的脸。掖庭令对围观的宫女们说，陈宫女是有福了，她的寿岁在老宫人中已属凤毛麟角，而且她娘家来了人要把棺木接回乡下老家去。

媚娘那时候已经在太宗寝宫专事天子服饰之职，她跟在陈姓宫女的棺椁后送了一程，把一些纸钱小心翼翼地撒在棺盖上，虽说与那些乖戾古怪的老宫女素无深交，媚娘仍为每一个死者撒了纸钱。掖庭宫里的宫人们总是在这种日子里看见高深莫测的武才人泪水盈盈，其神情有秋水般的悲凉之色。

普天同颂的太宗皇帝拥有一座群花竞艳的后宫，四妃、九嫔、九婕好、九美人、九才人和八十一名御妻，长孙皇后薨逝后天子也曾经耽于肉欲，在九名才人中间天子宠爱的是纤弱而才貌兼容的徐才人，媚娘似乎没有令天子注意过自己，事实上那是媚娘一生中最美丽却最黯淡的时期。

媚娘曾经在天子面前作过努力，但那次努力后来被她视为又一次错失。她记得天子带着一群宫人在猎场上驯马。戎马倥偬的一生使太宗皇帝练就了非凡的驯马本领，但一匹唤作狮骢的白骏马却使任何人无法靠近，那天太宗兴味盎然。他转向草地上垂手而立的宫人们问，你们谁有办法驯服我的狮骢吗？媚娘记得她不假思索地趋前一步，抢先回答了天子之问。

陛下，只要给我三件工具，我就能驯服它。

你要哪三件工具呢？

一条铁鞭，一把铁锤，一柄短剑。

你要用这些东西来驯马吗？

我先用铁鞭抽它的背，铁鞭若是驯服不了我就用铁锤，假如铁锤也没用，那我必须用剑刃刺进它的喉咙。

武才人的驯马方法无疑使太宗感到惊愕，太宗以他犀利的目光注视着跪地作答的武才人，脸上流露着一丝暧昧的微笑。

心狠手辣莫过于妇人，我相信这条古训，太宗最后对左右宫人说，武才人令我生畏。

人们无法区分天子对于武才人的评价是玩笑还是谴责，但是太宗对于武才人的惊人之语并不赏识，这是猎场上的宫人们心中有数的。他们看见武才人绯红健康的双颊因为忐忑的心情变成灰白，善妒的宫女们交流着幸灾乐祸的目光，她们认为这是武才人自恃才高哗众取宠的一个报应。

那也是媚娘受辱的一天，这一天太宗对她的奚落后来也被媚娘铭记心中。媚娘拭去泪痕像以往一样来往于太宗的衣箱和浴盆之间，她虔敬地托着天子洁净的散发着熏衣草香的服饰，面对天子在更衣时裸露的躯体目不旁视。但是没有人看见她受伤后更为高傲的心，神圣的太宗皇帝在媚娘心目中已经沦为凡夫俗子，从此她常常在天子之躯上闻到一股平庸的汗味。

长安街头总是有流言蜚语沸沸扬扬，老人们向贩夫走卒和妇人孩子指点着天空中那颗神秘的太白金星，他们说在白昼出现的太白金星预示着天子更迭改朝换代的恶兆。

皇城里的人们当然也有在白天看见可怕的太白金星的。宫人们对于太白金星的兴趣是隐秘的，冒着鞭笞甚至割舌的危险，但是掖庭宫里仍然有人议论着太子承乾和魏王泰的明争暗斗，没有人相信太宗皇帝的江山可以动摇，宫人们对太白金星的理解仅仅局限于太子之位的变动，当相邻而居的周才人试图得到媚娘对太子承乾和魏王泰的评价时，媚娘向周才人报之以一声冷笑，你我是什么人？敢去妄谈太子之位，小心你的舌头吧。

太白金星距离后宫里的媚娘是太遥远了，因为媚娘那时候对另一种令人心跳的预言一无所知，那就是被太宗烧成灰烬的《秘记》，《秘记》在宫中书库里闪烁着玄妙的幽光，但是蛰居于掖庭永巷的媚娘无缘读到它。

《秘记》中作了如此的记载：

唐三代而亡

女王武氏灭唐

据说关于太白金星和《秘记》的传闻也曾经使太宗皇帝心存疑窦，他密召太史令李淳风垂询此事，太史令李淳风精于天文、历数及阴阳之道，他对于《秘记》之说的肯定出乎太宗的意料。

臣上观天象下察历数，民间纷传的太白之妖确实已经滋生。

覆朝之灾何时降临？

三十年内。

女王武氏现在在哪里？

已在深宫之中。

太宗的宽容使直言不讳的李淳风免于极刑处罚。李淳风知道天子对于女王武氏的说法似信非信，在甘露殿的密室里气氛沉重而压抑，天子冷峻的目光长时间地拷问着李淳风，李淳风如坐针毡，过了好久他听见了天子的朗声大笑。一个女子灭我大唐江山？太宗抚髯自语，《秘记》之意是否要让我铲除远忠，杀尽宫内宫外的武姓女子？

多少年以后李淳风去洛阳拜见女皇时描绘了当时太宗秘

召的情景，李淳风言称他的劝谏释除了太宗滥杀武姓女子的欲念，言语中暗示了他对女皇安度危机的功绩，但是所有黑暗凶险的宫廷往事都已被女皇视为岁月浮云，女皇打断了李淳风的话题，她说，是我保佑了我自己，而你李淳风的功绩在于你制造的黄道浑仪，我当初在先帝宫下的时候就见过黄道浑仪，见过它我知道了什么是天，什么是地，我知道了我就是那颗太白金星。

二

那人已在深宫之中。

左武卫将军李君羡被贬为华州刺史的内幕鲜为人知，那个年轻的军官因为他的官爵和乳名都与武字沾边遭受了灭顶之灾，太宗把他想象为《秘记》中预言的女王武氏，这让许多熟详内情的人感到奇怪。那些人在几十年后仍然提到李君羡是一个杜死的冤魂，神明的太宗皇帝也常有百密一疏的错误。

媚娘在内文学馆的书案前听说了李君羡被冠以谋反罪处

死的消息。这个消息使她错愕，她与李君羡素未谋面，她不知道区区华州刺史何以谋反，是才人徐惠告诉她李君羡就是宫里坊间所传说的篡朝者。媚娘记得她当时对徐才人莞尔一笑，粗卑小吏何足挂齿，不过是谁的替罪羊罢了。

李君羡是谁的替罪羊？其实才人武照对此只是一知半解。才人武照年方二九，在掖庭空地的秋千架上，在内文学馆的诵读声中，她的眼神飘忽迷离。而在两仪殿或甘露殿的丹墀金銮前，才人武照侍候天子的姿态典雅熟稔，一丝不苟，太宗日见疲惫的目光偶尔掠过她的手她的身体，太宗知道她是武姓之女，但是围绕身边的红粉鬓影常常是太宗所忽略的人群，他从未想到被诛杀的李君羡只是这个深宫怨女的替罪羊。

柔弱的熟读诗书的才人徐惠曾与媚娘毗邻而居，但是两年以后徐才人就迁往嫔妃们的另宫别院了，天子之宠使徐才人得以越级升至婕妤之位。也使掖庭宫剩余的八名才人感到妒嫉和失落。

徐惠搬迁的那天媚娘在永巷里与她执手话别，但是转身之间泪已经不由自主地流出来了，媚娘于是以绢掩面匆匆地从徐惠身边跑回自己的屋子。徐惠惊异于武才人那天的种种失态，她看见武才人跟跟跄跄地在永巷奔跑，听见她关门的巨响和门后爆发的裂帛般的哭泣。

几天后婕妤徐惠与才人武照在两仪殿下再次相遇，徐惠发现媚娘已经复归平静，媚娘双颊上的红晕和朱唇边骄矜的微笑使她看上去判若两人。

在那里过得好吗？媚娘问。

也没什么好坏之分，只是多了几个秋千架，多了几个小太监侍候。徐惠说。

除此之外你祈望什么吗？媚娘又问。

徐惠说，我已经是幸蒙天子大恩，还敢祈望什么呢？

你还有祈望，以后你会祈望贵妃之位和皇后之冕。媚娘目光炯炯地凝视着婕妤徐惠，她的娓娓而谈的声音突然变得冷漠而生硬，媚娘说，或许你会走运，但是我担心你的薄命之运无法承纳天子的宠爱。我昨天做了一个梦，梦见你在六年以后香消玉殒，坠入黄泉。

婕妤徐惠面对媚娘的语言之箭不便发作，她从媚娘的微笑中读到了超越嫉妒的内容，那种内容使徐惠惶惑不安，苍白的脸色更其苍白，婕妤徐惠从此不再与才人武照交往。当然这只是发生在宫人之间的一段小插曲罢了。

太宗征战高句丽失败而归，这似乎是他健康的体魄急剧衰落的诱因。太宗患了赤痢之疾，病情时好时坏，御医们建议天子移驾至终南山上的翠微宫，他们认为山上清新的空气和阳光对天子的劳疾会有所裨益。

媚娘也随着侍奉天子的浩荡人马从皇城移往翠微宫，她记得那天黯淡绝望的心情，驶往终南山的车辇在她看来充满了丧葬的气息，太宗皇帝无疑是好景不长了，一旦天子驾崩，她作为受过宠幸的宫女将被逐出宫外，在尼庵草庐里守护天子之灵，寒灯青烟之下了却余生？媚娘想到渺茫的前景不寒而栗。初夏的骄阳照耀着终南山的树木和谷地，杂色野花沿着山路铺向远处，媚娘枯坐在车辇之上，无心观赏宫外风景，当群山深处响起一阵接驾钟声时，她回眸远眺山下太极宫的红墙翠檐，远眺她居住多年的掖庭别院，也许她再也回不到那个地方去了。

那时候太子承乾与魏王泰激烈的东宫大战已经以两败俱伤的结果收场，太宗立晋王治为太子。这是贞观年间妇孺皆知的宫廷大事，应了鹬蚌相争渔翁得利的民谚，而大唐宗室著名的悲剧人物李治就是以太子之位登上了一座黑暗的历史舞台。

　　媚娘初见太子治是在马球场边，那时候太子治是文弱的少年晋王。由善骑的宫女和宦官组成的马球比赛一直是王公贵族们所酷爱的消遣娱乐。在白衣白裤的宫女球手中武才人引人注目，人们不知道她精湛的骑术和娴熟的球艺习自何处。马蹄声、击球声和观赏者的喝彩声使武才人年轻美丽的脸上流光溢彩，少年晋王的目光始终追随着媚娘。媚娘记得她策马追球时晋王治收走了那只木球，晋王治的笑容快乐而纯洁，接住我的球，晋王治大声喊着把木球甩过来，媚娘下意识地伸出手，恰恰把木球紧紧地握在手中。

　　武才人握住了晋王治甩过来的木球，一代孽缘的玄机最初就蛰伏在那只黑色的木球里。后来当他们在翠微宫再次相遇时，话题仍然围绕着马球，太子治指着武才人说，我认识你，你的马球之技不让须眉，那天你竟然接住了我的空球，武才人则双颊飞红，跪地而答，不是奴婢球艺高强，是太子殿下的球不敢脱手。

　　御医们云集于翠微宫，空气中飘溢着古怪难闻的煎药气味，而在天子寝宫的扶风殿里，波斯进贡的安息香片遮盖着天子身上散发的腥臭。死神已经逼近了病榻上那个一代英豪，而阶前帘后的许多宫女想到天子驾崩后她们弃履般的命运，无不黯然神伤。

太子治终日守护在太宗的病榻旁，他的忠孝之心是宫女们眼中的事实。宫女们忧郁的目光都集结在这位未来的天子身上，看着他给病中的太宗喂药、揩汗，甚至用嘴吸除太宗喉咙间滑动的痰液，其实许多宫女在那段非常时刻想博得太子治的青睐，期望从他身上捞到一棵救命稻草，但是太子治在父亲病榻前悲伤无度，对扶风殿里的美女视若无睹。没有人知道武才人已经先行一步，没有人能想象太子治的柔肠闲情已经在厕所里被武才人挥霍一空，那就像昙花的花期稍纵即逝却是夺人心魄的。

宫廷情缘不过是一把锁和一把钥匙而已，太子治假如是锁，武才人就是那把钥匙了。

就像昔日的汉武帝与卫后一样，太子治和武才人在溢满麝香轻烟的厕所里初试云雨。年轻而温情的太子治无法抵御武才人的红唇玉手，炽热的情欲在炽热的性爱方式中如火如荼，它使太子治忘却了病榻上的父亲和天伦纲常，他惊叹武才人如此轻易快捷地使他得到那种灵魂出窍的快乐。武才人跪在太子治的膝前，武才人为太子洗手准备的丝帛金盆放在地上，盆里竟然没有一滴水。

太子治从此对才人武照念念不忘。

贞观二十三年五月，弥留于翠微宫的太宗召长孙无忌和褚遂良到榻边遗诏托孤，在宫外的天空聒噪半月的鸦群突然安静了，后来鸦群飞走了，但含风殿里响起了御医们惊恐的叫声，皇上驾崩。

媚娘端着一壶茶水，那个报丧的叫声像惊雷闪电打在她手上，铜壶砰然落地。在翠微宫里媚娘是第一个号啕痛哭的宫女，然后宫女的哭声便此起彼伏地响起来，完全覆盖了来自太宗灵床边的男人们的哭声。没有人制止宫女们借题发挥的哀号之声，含风殿上下一片忙乱，宫女们恰好可以纵情宣泄所有的悲伤和怨气，为了每一种黑暗的残花余生，为了每一桩未竟未了的心愿，为了对死者的爱或者恨。

泪眼蒙眬中媚娘不忘将目光投向太子治，太子治悲伤过度几近昏厥，御医们在他的额前敷了一种淡绿色的药汁，媚娘看见几个宦官半架半扶着太子治往侧殿走，太子治苍白而虚弱，他的目光扫过媚娘只是空洞的一瞥，这使媚娘感到失望，此地此景她不期望与太子治眉目传情，但她忽然意识到厕所里的情事也许将成为一夕春梦，即将登基的新天子也许很快会把她遗忘。

太宗驾崩的第二天早晨天气忽阴忽晴，骠骑兵的壮观马队在太子治的率领下离开终南山，护送天子灵柩回长安。媚娘和一群宫女站在凉亭里目送那支人马渐渐远去，黑漆镏金的灵柩已经变成一个黑点，而太子治单薄的身影也湮没在一片黄烟之中，满脸凄色的媚娘，她无缘与新天子再说一句话再添一分情了。

山下还有十余辆简陋的光板马车，那些马车将把翠微宫里的宫女分别送往皇城掖庭或者长安的尼庵。重返掖庭宫的是那些从未受幸的宫女，而那些曾经被宦官抱上天子龙床的宫女在凉亭里哭成一团，她们已经知道马车将把她们送往感业寺了此残生。

采女刘氏就是在走向马车时突然发狂的，媚娘看见她突然扔下手里的包裹，朝谷地里狂奔而去，宫吏们立刻策马赶去。宫吏们在树林间追采女刘氏的场面令所有宫女伫足凝望，媚娘看见宫吏们的四方马阵轻易地围住了那个疯狂的宫女，刘氏绝望的叫声听来撕心裂胆，我不去尼庵，让我回家。宫吏们的绳圈同样轻易地套住了刘氏的脖颈，刘氏的手扯拉着脖颈上的绳圈，她的喊叫仍然尖厉而凄凉，皇帝只宠幸我一次，我不去尼庵，我要回家。

媚娘无法想象纤瘦的采女刘氏是怎样扯断脖子上的绳圈的，她只是看见刘氏在宫吏们的鞭笞声中爬行，从宫吏们的马腹下爬了出去，然后她看见刘氏像一只惊鹿朝石碑那里俯冲过去，事情发生得猝不及防，媚娘看见刘氏的血犹如红色水花在石碑上溅落，映红了终南山阴沉的天空。

三

如果从感业寺的山门走出来，不消片刻就可以来到长安闹市朱雀门街了，黑瓦高墙遮不住果贩小商的沿街叫卖声，而在安业坊一带居住的市民百姓每天可以听见那座尼庵的晨钟暮鼓，那些来自帝王后宫的女尼们在诵经声中陪伴着先帝的幽魂。

但是感业寺的女尼们从来走不出两扇黑色的山门，山门外的行人也无法亲眼一睹天姿国色的旧日宫女的风采。

新皇李治登基的钟声在皇城内轰然敲响时，感业寺破败的房屋也随之震颤，媚娘那天恰巧是在剃度，钟声初响她的第一缕黑发应声落地，她的枯水般的眼睛却应声睁开，闪烁出一种如梦初醒的光彩。

为什么敲钟？她问身后手持剃刀的老尼。

新天子登基啦，老尼说，是登基大典的钟声。

媚娘说我要去听钟声，她甩开了老尼的手朝庭院跑去，被剃了一半的黑发就披垂在白色的法衣上。媚娘没有听见后面住持老尼愤怒的斥骂，她一手抓着欲断未断的长发，一手提着宽大过长的法衣跑到庭院里，看见许多以前的宫人已经聚集在那里，她们鸦雀无声表情各异地倾听着皇城的钟声。

媚娘仰望着被高墙隔离的一方天空，天空清澈澄明，没有一丝云彩，是天子之典的佳日良辰，但是她看不见那些大钟，她看不见新天子的龙冕仪容，当大典钟声最后的回响消失在晴光丽日下，媚娘双手掩面发出了凄绝的哭声，宫中旧交对媚娘的哭声错愕莫名，她们围住她警告道，大典之日怎么哭起来了？不怕住持告回宫里给你死罪？媚娘仍然呜咽着，她说，什么叫死什么叫活呢，到了这里都是明器婢子，死了活着都一样。

尼庵里的清寂时光以摧枯拉朽的力量损坏了旧日宫女姣好的面容，她们每天在经台前相遇，发现各自的容颜像秋叶一天天老去，喜欢对镜描眉的宫女们如今青丝无影，光裸的头顶上唯一留下的是衣食之欲和恍若隔世的后宫回忆。住持老尼搜走了庵中的每一面铜镜，其实镜子的主人对它已经无所留恋。

女尼们通常成双成对地同床共枕，禅房之夜的那些呻吟或嬉闹成为感业寺生活的唯一乐趣。曾经有人想钻到媚娘的棉被里来，但是对方被媚娘一脚踢下去。媚娘把那个春心荡漾的女尼推出了房门，她说，我讨厌你们的把戏，不干不净的。女尼反唇相讥，你以为你干净，你干净就往天子宫里去呀，献了几年的媚态不还是给踢到尼姑庵了？媚娘那一次恶火攻心，她嘴里说着话低下头就往对方脸上撞，天子不要我也轮不到你来糟蹋，媚娘把那个女尼撞在门框上，仍然不解气，又在她肩膀上狠狠地咬了一口。女尼的惨叫声惊动了整个庵寺，许多尼姑打开窗户朝这边张望，她们看见媚娘的脸在月光下放射出一种悲愤的寒气，她手里的那条门闩似乎在迎候所有的侵犯。

武才人要疯了。旧日宫女们窃窃私语着，凭借她们对武才人的了解，她们认为骄矜自负的宫人是最容易发疯的，而武才人应该是一个例证。

从此没有人敢往媚娘的禅床上爬，但也没有人与媚娘说话了，感业寺里的女尼们非常默契地孤立了媚娘。

那只紫檀木球仍然陪伴着她。

现在孤独的木球游戏改变了它的含义，媚娘在地上画的白圈分别意味着疯、死和大幸。原来还有一个白圈内写着生字，但她把它擦掉了，这个白圈对于她已经丧失了赌注的意义。

媚娘冷静地把大幸之圈一再地缩小，她意识那几乎是一个奇迹一种梦想，每次滚动木球的时候她控制不了那份颤抖，她期望着木球落在最小的白圈内，但木球更多地投入疯和死的白圈之内，媚娘说，我不想死，我也不会疯。她带着如梦如幻的情绪把木球滚过去，但木球在那个白圈外停住了，它像一个冷漠的精灵讥嘲了它的主人。媚娘终于安静下来，她用衣裾把木球擦干净了攥在掌中，临窗听风，风声掠过窗外桧柏的枝头。高墙外的更夫报时的梆声带来一丝人间的气息，太极宫却似乎浮向世界的另一侧了。媚娘悲从中来，她对着心爱的紫檀木球呜咽着说，为什么不听我的话？我不过是祈求天子把我带回宫中。

母亲杨氏到感业寺来探望媚娘，按照庵里的清规她只能从门上的活动窗递进家书和食物，媚娘从手上摘下了金镯塞给守门的尼姑，对方收下了金镯但仍然没有开门，只是破例让媚娘与母亲说上几句话。

但是母女俩只是以哭泣隔着山门叙述别后离情，守门的尼姑也红了眼圈，但她不忘警告媚娘，让你说话不说，不说就回你的禅房去吧。

母亲杨氏终于先说了话，她的话使守门的尼姑莫名其妙，杨氏在门外边哭边说，我不该相信袁天纲的鬼话，是袁天纲的鬼话害了你。

门里的媚娘止住了哭泣，少顷沉默之后媚娘对着门外的母亲说，你放心回去吧，我还没死，只要我活着总归能报答你的养育之恩。

打开母亲的包裹，里面是一封家信和一包糕点。家信说姐姐嫁人了，妹妹染上天花死了，她的几个异母兄弟每天对母亲恶语相加。媚娘读完信又解开糕点外面的纸包，是小时候百吃不厌的酸梅饼，但媚娘一点也不想吃，如烟往事浮上心头，媚娘突然想起自己的年龄，想起宫墙内外，年复一年，她已经是一个二十五岁的迟暮美人了。

世人们后来认为高宗皇帝听见了武照在尼庵里的呐喊，高宗皇帝循声而去，因此钻进了武照缀织十年的那张柔软的黑网。

感业寺的住持记得高宗是在先帝的二周年忌日微服驾临的。高宗给先帝的遗婢们带来了整车华贵的礼物，给予武照的礼物却是在客堂里的秘密长谈。住持尼姑不解个中风情，她只记得武照那天突然迸发出美丽惊人的容光，眼含秋水，面若春桃，双颊的泪痕更为她增添几分哀而不怨的风韵。

黄衣使者独孤及从此常常潜入感业寺，在住持老尼的配合下打开山门，黑夜来客不是别人，恰恰是神圣的高宗皇帝，天子秘密宠幸的不是别人，恰恰是被所有尼姑孤立的武照。

一个月黑风高之夜，从太极宫驶来的车辇接走了感业寺的尼姑武照。沉睡的女尼们依稀听见半夜里车轮辚辚，对于一个奇迹的华彩部分浑然不知。而住持老尼在黑暗的庭院里飞快地捻转佛珠，她认为天子若受感于女子，女子必有仙术妖法。

太 子 弘

一

我是李弘，人们对于我的记忆已经一年一年的淡漠，我少年时撰写的《瑶山玉彩》如今在合璧宫的书箱里尘封霉烂，长安和洛阳的街坊酒肆里仍然有人在谈论奇怪的合璧宫夜宴，但是我知道已经没有多少人记得我了，多少年来那些对宫闱秘事充满好奇的人，仍然在猜测我母亲武则天一生中每一个玄妙而可怕的细节，猜测我母亲武照如何不露痕迹地使她亲生之子死于合璧宫的一场夜宴。

那也是一处奇迹，奇迹的缔造者需要通过无数幽玄之门，而我的母亲武照，历史上唯一做了女皇的女人，她恰恰可以通过每一扇幽玄之门。

传说我是一次隐秘的宫廷乱伦的产物，传说我的生命孕育在长安城西感业寺的禅床上。这样的记载在我接触的史籍中是无法查阅的，但它像一块黑色的标签贴在我的身上，它使我的身体一年年地单薄羸弱，它使我在蓬莱宫的兄弟姐妹群中显出一种阴郁的格调，与太子的欢乐格格不入，我知道那是一种天生的疾病。

有一个叫独孤及的宫吏，他对感业寺故事的前因后果了如指掌，我曾经私下派人寻访过他，但后来我听说独孤及很早就暴死在宫墙外的御河里了，那时候我两岁，或许根本还没出生，其实我知道即使有一天面对那个叫独孤及的人，我也无法从他嘴里听到什么，我是太子弘，但我什么也不会听到的，就像紧闭双眼可以领略黑暗的奥妙，但当你睁大眼睛时看见的总是红色或黄色的烛光。

我总是看见我身上那块黑色的标签。

我看见永徽二年的一个炎热的夏日午后，长安城祭奠先帝太宗的锣鼓骤歇，宫墙内外香烟依然缭绕，我看见年轻的父皇微服私访感业寺的马车穿越街市，新柳的枝叶未及遮蔽午后炽热的阳光，而青纱车帐则藏匿了父皇疲惫的却充满情欲的仪容。

父皇乔装成富商去感业寺探望太宗时代的旧宫人，在堆满金银布帛的客堂上，他看见了那些先帝遗留下来的寂寂无名的宫人，红颜消褪，满面愁容，黑衣缟素夸张了她们的哀怨和绝望。在这群古怪的女尼中间，才人武照恰似莲花出水，以她的美丽和沉静震惊了父皇的心，父皇的目光不再是半醒半眠，他惊异于武才人的美丽竟然在晨钟暮鼓的尼庵里大放异彩，那个白布裹头的女人未施脂粉，凤目宽颐之间凝聚着一半倨傲一半妩媚的神情，而黑衣里的丰腴成熟的胴体分明在向父皇倾诉着什么，在气氛拘谨肃穆的感业寺里，父皇分辨出才人武照独特而大胆的语言，她在唤起他的回忆，她在提醒他的许诺，于是父皇依稀想起在先帝太宗的寝宫里他们曾经眉目传情，在他如厕的时候他曾和这个女人有过短促而狂热的性事。

父皇的眼睛里已经是柔情似水了。

独孤及作为一个绝顶聪敏的奴仆，对于天子的一举一动都能作出迅捷准确的判断。他似乎预感到感业寺里的这个女尼日后将长伴君主的龙床，据说就是独孤及在皇宫与感业寺之间暗中奔忙，为父皇与母后超越伦理的私情开启了道道方便之门。

独孤及后来被淹死了，我说过那是一个谜，我关心的当然不仅仅是这个谜底，更加令人眩惑的是参与制造这个谜的人，我的父皇，我的母后，为什么他们偏偏在庵寺的禅床上孕育了我的生命？

我对于李姓家族的所有历史都充满好奇之感，内心对每一位先祖父辈都作出了隐秘的公正的评价。我认为我的曾祖父高祖李渊不过是个走好运的庸人之辈，我的祖父太宗李世民被世人的溢美之辞湮没了一生，节操与败德并存，智慧与鲁莽相济，辉煌了自身却给大唐宗室留下了无数祸根；再说我的父皇，李姓家族的江山就在他的手里毁于一旦，他的软弱的性格和无知的头脑成为多少哲人的笑柄。在著名的合璧宫夜宴之前，我已经预见了我的家族致命的病灶，病灶来源于我的母后武照，在我短暂的生命里她是横亘于我头顶的一朵乌云，我预见了她的灾难却无力抵御，灾难首先降临于我的身上，正如世人所知道的那样，我死于合璧宫夜宴，我就是被则天武后毒死的太子弘。

我母亲武照于公元六五四年重返皇宫，作为太宗故人的那些特征，黑色的法衣已经抛在感业寺的草丛里，曾被剃度的头顶也已经蓄起青丝，她戴着一顶别出心裁的花帽来到后宫，其美丽而独特的风韵使所有的嫔妃侧目。

宫人们都知道武才人的重返宫门得益于王皇后与萧淑妃的一场宫闱之战。那时候生有一子二女的萧淑妃深受父皇的宠爱，被嫉妒所折磨的王皇后在听说了父皇与武才人的私情之后，不惜功夫地把武才人接进宫中，希望以武才人离间父皇对萧淑妃的专宠。王皇后当然没想到她的一番苦心换来的是更坏的结局。

我母亲武照再入后宫被封为昭仪。二十七岁的武昭仪给宫人们留下了非常美好的印象，她言辞谦恭，行为卑屈，将超人的智意和谋略隐藏于温厚的笑容之后。武昭仪初入后宫依附的第一个人是王皇后，几乎每天率先向王皇后请安，刻意的诌媚在武昭仪做来恰似行云流水，王皇后把她引为知己和至爱，在父皇面前激赏有加。

王皇后察觉到武昭仪对父皇的狐媚之力更甚于萧淑妃，已经为时过晚。武昭仪无声无息地替代了萧淑妃在父皇心中的位置，这个来自尼庵的先帝的弃妇已经牢牢地缚住父皇的宠幸之手。王皇后哀叹她的轻信和失策，她想与同样受冷落的萧淑妃联手排斥武昭仪，但是父皇对武昭仪的如痴如醉的爱恋已经坚不可摧了。

我可以想象那场著名的后妃争宠之战，那时候我刚刚学步，据说母亲经常带着我在后宫的花园里散步，现在我无法详述那个教子学步的年轻母亲了，只记得她的严厉的难以抗拒的声音，爬起来，走，走啊，这种声音以它的威慑和尊严一直伴我长大成人。

除了后来备受溺爱的太平公主，我还有一个妹妹，但她在褓褓中就死于非命。她的死同样是宫中的一件谜案。宫人们普遍认为是不会生育的王皇后以锦被扼杀了那个幼小的生命，但是没有人能提供确凿的证据。有关此事的另一种说法是武昭仪亲手弑女以陷害王皇后，这是一种令人心惊胆寒的说法，同样缺乏证据，但在我充分认识了我非凡罕见的母亲以后，我似乎更相信后一种说法。事实上在合璧宫夜宴未及发生之时，我已经相信母亲可以用任何人任何事物为她的权力梦想下赌注，包括我，包括我的兄弟姐妹，包括她的所有血亲和骨肉。

我的父皇却相信是王皇后杀死了他钟爱的女婴，这是父皇日后罢黜王皇后最初的动因。我母亲则在悲悲切切的哭泣声中握住了一个有效的筹码。现在看来我的父皇就是这样开始钻进母亲绵长的巨型圈套中的。

据说父皇不久就携我母亲到朝廷重臣长孙无忌家暗示重立皇后之事，长孙无忌是我的舅祖父，当时在太公任上辅助国政，他的耿直的疾恶如仇的品格使他在这个话题上装聋作哑。长孙无忌的阻碍使我母亲的封后之梦延迟了数月，但是后来却也给自己招来了灭顶之灾，这当然是另外的故事了。另外的一些朝廷官吏，譬如礼部尚书许敬宗，中书舍人李义府，他们似乎预见了武昭仪的辉煌未来而力主封武废王，他们的赌注后来被证明是押对了，而他们的仕途几起几落曲折多变，这当然也是另外的故事了。

我可以想象三个女人争夺后冠的斗争是如何愈演愈烈的。许多朝廷重臣卷入了这场斗争，并为此付出了代价，德高望重的太公长孙无忌、中书令褚遂良在父皇面前力陈封武昭仪为后的种种弊害，其言辞之锋利使我母亲在珠帘后暴跳如雷，我母亲手指叩头流血慷慨激昂的褚遂良大叫道，为什么不扑杀了这个獠贼？！

那是我母亲在宫中初露峥嵘的一个细节。

王皇后与萧淑妃幽禁于冷宫别院的结局在所有宫人预料之中。王皇后毁于巫术邪教，这确实只是一种假象，她的悲剧在于与我非凡的母亲同处后宫之中。有一天宦官们在皇后的凤榻下发现了钉满铁钉的桐木人，桐木人的面貌酷似高宗，高宗大怒，于是皇后以及参与巫术的魏国夫人的灭顶之灾应声而降。李氏皇朝对于巫术邪蛊一贯深恶痛绝，我的父皇甚至无暇查证桐木人的真实来路，于暴怒之中将王皇后和她的同盟者萧淑妃投入冷宫。

一些宦官深知桐木人事件的内幕，他们躲在角落里用敬畏或惶惑的目光观察着武昭仪，在急风骤雨般的宫廷之战中噤若寒蝉，而事件的策划者武昭仪容光焕发地坐在书案前撰写她入宫后的第一本著作《女则》。

我的母亲武照自幼熟读四书五经，言辞文章风采飞扬。《女则》告诉后宫的所有嫔妃宫人，身为女子应该恪守先帝们制定的所有道德礼仪，其中有一条规定嫔妃以下的宫人不许随便接近皇上。后来我听说母亲当时制定这个规则是针对我的姨母武氏的，武氏那时也被父皇召入宫中并且有与母亲争宠的迹象，当我捧读《女则》时，不得不叹服我母亲的深谋远虑和对现状未来的深度把握，由此看来她在身为昭仪撰写《女则》时已经考虑到日后的皇后之道了。

公元六五五年十一月一日，父皇命司空徐世勣携带印信正式册封武则天为皇后。那一年我三岁，对于文武百官前往肃仪门朝见新后武照的空前盛况了无记忆，但我想那应该是一个寒风萧萧太阳黯淡的冬日，我的母亲迎风端坐于肃仪门上，心事苍茫，而她的微笑被十二种花饰的璎珞、珍珠、红玉、翡翠、蓝宝石和黄金饰物所掩映，绚烂夺目，肃仪门下的文武百官无不为新后的天姿国色和万千仪态所慑服。

太极门左右的钟楼鼓楼钟鼓之声齐鸣，文武百官高声齐呼：皇后万岁，皇后万寿无疆。

就是这样，就是这样我母亲做了大唐的皇后。那一年我三岁。

我不记得王皇后与萧淑妃的模样了，两个曾经是父皇专宠的女子后来被我母亲砍除手脚浸泡在酒缸里，她们在酒缸里哀哭数日后死去，哭声使邻近的掖庭宫的宫人们夜不成寐，自古以来在宫闱之战中失败的女子都获得了最残酷的下场，而且其恶果株连九族。不久父皇把显赫一时的王皇后家族改姓为蟒，把萧淑妃家改姓为枭，据说这是我母亲的主意。

有人告诉我萧淑妃临死前吁请上苍将她转生为猫，将我母亲转生为鼠，萧淑妃企望在来世咬死她的仇敌。从此，深受嫔妃们溺爱的猫儿被尽数逐出宫中，他们告诉我这就是我从来没见过猫的原因。

二

第二年，父皇废黜了皇太子李忠，作为皇后嫡出的长皇子，我被立为太子。

李忠的生母是一个地位卑微的宫婢，而他的义母王皇后的幽魂已经无法庇护这个木讷沉静的少年，他被父皇封为梁州刺史，上任之前他的东宫侍宦避之不及，纷纷离开东宫不辞而别，我记得李忠离宫时凄凉的情景：孤骑一乘三五个年迈的随从。我不知道一个十四岁的少年如何在异乡僻壤独自生活。

册立太子的大典举行了三天三夜，我觉得我的耳朵快被各种嘈杂之音刺破了，我捂着耳朵，我想尖叫，但我的母后以她的目光和威仪制止了我。

我的母后力主将这一年的年号由永徽七年改为显庆元年，她对变换文字符号的迷信由此可见一斑。从此大唐的年号因为频繁的更换而变得紊乱不堪。

我的姨母武氏因为母后的缘故从一个孀妇受封为韩国夫人，她是皇后的胞姐，其容貌之姣美更胜皇后几分。她曾与父皇有过一段隐秘的恋情，也因此没有躲过我母亲编织的黑网。韩国夫人有一天中毒而死，父皇异常悲伤，我想他清楚地知道韩国夫人死于同胞姐妹之手，但是他似乎羞于追查此事，在草草殡葬了韩国夫人之后，父皇又封韩国夫人十五岁的女儿为魏国夫人，这就是父皇唯一能做的也是他唯一热衷的事了，他绝对没有想到年轻的魏国夫人在十年后重蹈她母亲之覆辙，以青春年华死于另一次宫廷投毒事件。

母后不容许任何女子靠近父皇，即使是她的姐姐和外甥女。我想那些受害者并非轻视她们的对手，她们的错误在于把幻想寄托在父皇身上，她们不知道能凌驾于父皇之上的女子是唯一的罕见的，那些香消玉殒的红粉佳丽，她们无法与我非凡的母亲相比拟。

说到我的父皇，他像一只高贵的相思鸟被皇后缝织的那张黑网所围困，被围困的还有他的仁慈和良知，他对纵情声色的酷爱。父皇软弱和被动的性格世人皆知。当他意识到我母亲的无情和野心妨碍他的生活时，曾经萌动过废黜第二任皇后的念头，父皇密召中书侍郎上官仪进内宫商议此事，诗名远扬的上官仪对天子的意图心领神会，他起草了一份秘密的诏令，与当年废黜王皇后一样，我母亲在诏令中的罪名也是施行巫术，但是这纸诏令未及颁布就被愤怒的母后撕成碎片了，那是龙朔二年的事，其时我母亲的密探已经遍布宫中，没有任何秘密能瞒过母亲的视线。

上官仪的草诏墨迹未干，母亲已经赶到父皇的内宫。她对于自己母仪天下为国分忧的所作所为作了悲愤的表白，她的狂怒和凶悍令父皇感到惊惶无助，而她在泪洒甘露殿之余对王朝的积患和瞻望极具说服力，她使父皇心有所动。我的怯懦的优柔寡断的父皇，他任凭母亲将诏令撕得粉碎，最后将可怜的上官仪作为替罪羊扔给母亲，父皇说，这都是上官仪的主意。

我母亲就这样以无羁的方法消除了她一生中的第一次危机，她驾驭父皇的方法多种多样，似乎每一次的奏效都易如反掌。父皇为什么如此害怕我母亲？我不知道，宫廷上下又有谁能知道?

我想一切都是李氏王朝的气数,一切都很神秘而不可逆转。

所有的宫廷风波都会导致一些人头颅落地,因为按照通常的解释,那都与篡朝谋反的阴谋有关。上官仪不久被李忠谋反案所株连,他的曾经装满了华丽诗句的脑袋被斫杀在长安的街市上,百姓们都闻说上官仪之死缘于他对皇后的敌意和攻讦,却没有人知道他是被我父皇随手出卖的,当然,这是宫廷内幕了。

李忠谋反案是一种模糊的缺乏依据的说法。我听说过一些那个异母兄弟奇怪的习性癖好,在他幽居梁州和房州期间,他时刻担心他的生命被暗箭毒药所伤害,他害怕出门,害怕膳食,每天都要更换睡眠的卧床,有时候他穿上侍女的衣服来躲避他害怕的暗杀。他们说李忠后来独居幽室,迷恋于占卜和巫咒的扑朔迷离的过程,从这个昔日的东宫太子身上散发出一种苍老和阴森的鬼气,使近旁的宦官和侍女难以接近。我想李忠是企图以此逃脱他的厄运的,但我母亲怀着斩草除根的心理为他罗织了串通上官仪和王伏胜谋反的大逆之罪,李忠二十二岁那年被父皇赐死。暗杀并没有在他身上发生，他是被我母亲精心织就的白绢勒死的，我不知道这是李忠的造化还是悲剧。

少年居于东宫，我常常在无意中发现李忠留在宫中的一些物件，书册、笔砚、剑鞘、鸟笼或者香袋，有时梦见李忠像一个幽魂似的潜进宫中——拾取他的遗物，我害怕在梦中梦见李忠，说来可笑的是，李忠害怕有人暗害他，我却时常害怕李忠回宫暗杀我。

我母亲武照也害怕幽魂，那是王皇后和萧淑妃的喷发着酒气的幽魂，有一段时间当她通过太极宫那些阴晦僻静的角落时，她总是以华袖遮挡住眼睛和面部，她说她看见王皇后和萧淑妃在那里飘荡，她们用腐烂的手指和足趾朝她投掷。而一些宫女们也在后宫的永巷里看见一只疾行的黑猫，它的凄厉的声音酷似已故的萧淑妃，宫女们说那就是萧淑妃，因为她们记得萧淑妃临死前说过来世变猫惩杀武后的誓言，她们相信变了猫的萧淑妃正在追逐她生前不共戴天的仇敌。

我难以想象母亲是怎样度过了被幽魂追逐的日子，她从来不畏惧任何活人，但对于死人她却有所顾忌。我母亲劝说父皇由古老的太极宫迁出，花费巨资改建高祖时代的大明宫，后来终生长居洛阳，其原因就在于她对那些幽魂的恐惧。我觉得这是一件令人费解的事。

显庆四年我母亲与她的心腹许敬宗联手翦除了她的敌对势力：长孙无忌、褚遂良、柳奭、韩瑗等人。那些显赫多年的达官贵人因为封后的问题与我母亲系上生死之结，他们也许未曾预料到做我母亲的仇人意味着灭顶之灾随时而来。

许敬宗在我母亲的庇荫下步步高升，权倾一时，作为回报他替我母亲除掉了她的无数隐患，包括连父皇都素来敬重的开国元勋长孙无忌。长孙无忌是被太子洗马韦季方出卖的，据说许敬宗单独审讯了韦季方，韦季方言称长孙无忌欲纠集朋党另辟新皇朝，重新拾起他丢失的权柄。与其说这是韦季方屈打成招的口供，不如说那是我母亲为长孙无忌构思了多年的罪名。许敬宗向父皇三次奏报长孙无忌的谋反案，父皇垂泪不止，他对于案情的怀疑在许敬宗的如簧巧舌和慷慨陈词之下犹如坚冰消融，父皇哀叹亲臣的不忠，却懒于让长孙无忌当面对质，他对舅父的发落是仁慈的，剥夺封爵采邑，贬逐黔州，但长孙无忌第二年就于忧愤交加的心情中自缢而死了。

长孙无忌的一生以过人才智和高风亮节睥睨众生，他曾鼎力相助先祖太宗缔造了大唐的黄金时代，没想到最终被我母亲的纤纤玉手织进了她的黑网之中，所以我相信长孙无忌自缢前哭瞎双目的传说。

那是我母亲缔造的第一个胜利，或者说她在一场强手之战中赢得了第一个胜利，而所有重要的史籍都如此记载：武后自此独揽朝廷的大权。

这一年我七岁。

三

洛阳是个繁华的风情万种的都市，从麟德二年开始，父皇和母后长期居留此地，除了国家大典之外，再也没有回到长安。

我不知道母亲是否真的喜欢洛阳，迁居洛阳对于她至少是一种躲避亡灵的方法，母亲十四岁进宫，留下一段坎坷的如泣如诉的回忆，长安的宫殿不仅给予她甘霖，也曾给予她苦水，而我母亲似乎对后者耿耿于怀，她时常对父皇和儿女说长安是她的伤心之地，而八百里以外的洛阳宫使她感到安宁和舒适。

童稚时代起我就常常出入于洛阳宫和西园禁苑，看着这个荒凉的故都在母亲的设计下一年年地繁盛起来。童稚时代我就对禁苑内的合璧宫留下了深刻的印象，那是一座绿树繁花环抱的凉宫，炎夏之际母后喜欢带着我和兄弟们在那里用膳。合璧宫的东边有方圆数里的凝碧池，一湖碧水之上倒映着南方石匠们精心仿制的蓬莱、方丈、瀛洲三座仙山，而池边的五十座亭台楼阁金碧辉煌、美轮美奂，它们像疏密有致的星星护卫着母亲居住的明德宫，那里的一切都带着梦一样的奢华气息。

我有一些模糊的美好的记忆，记得多年前一个夏日早晨我与父皇母后乘龙舟在凝碧池观赏莲荷，雨后的阳光照耀着我的帝王之家，粉色或浅鹅黄的莲花吸吮着露水，一点点地吐露芬芳，我记得我也曾在父母膝下沐浴天伦之爱，我的父皇苍白而清俊，天子龙颜含着几分慈祥几分疲惫，我的母后宽额方颐，一颦一笑之间容光焕发，美艳动人，我听见乐工们的弦乐丝竹在湖上随波流淌，渐渐远去，我看见那个龙舟上的孩子笑得多么灿烂，他的澄澈的目光正遥望着池水另一侧的合璧宫。

世人皆知太子弘死于蹊跷的合璧宫夜宴，但是那个龙舟上的口衔珍珠衣着锦绣的孩子，对于未来他一无所知。

我羞于谈论那部为我留名的《瑶山玉彩》，谁都知道那是宫廷王族惯用的欺世盗名的伎俩，事实上《瑶山玉彩》的著者包括了许敬宗、上官仪、杨思俭等御用文人学者，而五百卷的书册也只是古今秾词艳句的大杂烩。《瑶山玉彩》完成后母亲让我将书献给父皇，父皇喜出望外，赏给我丝帛三万匹，我不知道三万匹丝帛有什么用，我也不知道父皇为什么对这种虚假的事情如此轻信。

我自幼跟着率理令郭瑜读书，那些书都是由母亲为我选定的，我十岁就开始读《春秋左氏传》，读到了许多充满权术、阴谋和杀戮之气的历史故事，楚子商臣的弑父故事使我感到惊慌和茫然，我问郭瑜，商臣为何弑父？郭瑜说是为了夺取王位，我又问郭瑜，为了王位竟然弑父，天理人伦难容此事，孔子为什么把它记载下来传给后人呢？郭瑜说那是为了让后人明辨是非善恶。郭瑜的回答模棱两可，没有使我满足。我拒绝将《春秋左氏传》再读下去，但郭瑜告诉我，那是我母亲为我圈定的第一本书，我必须读完这本令人生厌的书。

我知道我母亲非常喜欢《春秋左氏传》，后来我也知道母亲一生的业绩得益于她对这本书的领悟和参透，每个人都从书籍训诫中获取不同的营养，这是读书的妙处。而我喜欢《礼记》，笃信纯洁而理想的儒教信条，这使我的成长背离了我母亲指定的航向。

宫中的青春时光黯淡而恍惚，总是在病中，总是在白驹过隙之中为浮世苍生黯然神伤。我怀疑我的所有疾病都源于那种不洁的乱伦中的父精母血，我在铜镜中看见我的郁郁寡欢的脸，看见一条罪恶的黑线在我脸上游弋不定，我甚至经常在恍惚中看见闲置于感业寺的那只淫荡的禅床，孕育于罪恶中的生命必将是孱弱而悲伤的，我想这是天经地义的事情。

我从十三岁那年开始受父皇之命在光顺门主持朝觐，虽然那只是临时的一些机会，由我裁决的也只是些鸡零狗碎的无聊小事，但这些经历使我有缘接触形形色色的文武百官和民间的世风人情。据说许多门阀贵族和朝廷重臣对我抱有殷切的期望，我想那是因为我对所有人都温恭有礼，而我的母亲对我却总有一种恨铁不成钢的睨视，母子之情一年一年地冷淡，我想她也许察觉出我对一个凌驾于父皇之上的女人的不满，尽管她是我的母亲，尽管她是一个举世无双的满腹经纶智慧超群的女人。

东宫的宫女群中也不乏天姿国色的红粉佳人，但我从少年时直到与裴妃大婚从未与女色有染，同样地我也没有断袖龙阳之好，我的洁身自好在宫廷中被视为异类，人们猜测我的多病的虚弱的体质妨碍了我，没有人相信我对淫佚和纵欲的厌恶，没有人看见我心中那块阴云密布的天空，就像没有人看见草是如何生长的一样。

不知是从什么时候开始的，我常常拒绝母亲的操纵，这种拒绝使我感到满足。拒绝有时候不需要言辞，我母亲常常用烦恼的语气对我说，我不喜欢看见你的眼睛。她明显地从我的眼睛里读到了一个字：不。我说过我母亲不是庸常之辈，也许她看得见我心里掩藏的阴晦的天空，也许她看得见东宫满地的青草是如何在忧郁和怀疑的空气中疯长蔓延的。

我母亲一直在为我纳妃的问题上殚尽心智，她最初选定的东宫妃是司卫少卿杨思俭的女儿，我不认识那个女孩，只是听说她的美貌倾国倾城。这件事情后来以几近丑闻的结局收场，因为宫廷密探发现杨思俭的女儿与长安有名的风流浪子贺兰敏之私通。贺兰敏之是已故的韩国夫人的儿子，也就是我母亲的外甥，据说他一直怀疑韩国夫人的中毒事件与我母亲有关，而我母亲也一直对这个风流成性的纨绔弟子恼怒不堪。贺兰敏之也许对我母亲的大义灭亲没有防备，他与杨氏的私情对于我母亲是一种挑衅，我母亲怎样接受这种挑衅呢？说起来是最简单的，把司卫少卿杨思俭召来痛斥了一番，取消了这门婚事，而贺兰敏之最终被塞进了流放岭南的囚车。我母亲后来曾经告诉我贺兰敏之的下落，他被随车士卒用马缰勒死，尸体弃于路旁，她还用调侃的语气说到有一家野店酒肆用贺兰敏之的尸肉做了人肉包子，出售给路上饥馑的贩夫走卒。

这件事的整个过程都让我感到恶心，我惊惧于母亲如此谈论贺兰敏之的死，无疑她把自己对他的仇恨强加于我了，事实上我在这件事上并没受到什么损害，我与贺兰敏之无关，与杨思俭的女儿亦无关，而那对青年男女的不幸应该归咎于对我母亲的侵犯。

我二十二岁那年才与裴居道将军的女儿完婚，满宫中对裴妃温厚贤淑的人品交口称颂，我对那个小心翼翼地恪守着礼教的女人也充满着感激之情，但是众所周知我与裴妃的婚后生活是短暂的，那个可怜的太子妃从我这里获取了什么？当我们偶尔地在烛光里同床共寝的时候，裴妃是否看见了我脸上闪烁着那条灾难的黑影？是否知道我的生命正从她身边疾速地消遁？可怜的太子妃对于我头上的那块阴郁的天空一无所知。

让我试着回忆一下我不喜欢的战争吧。

与高句丽王国的战争旷日持久，大唐士卒死伤无数，我的祖父太宗皇帝和父皇似乎都花费了毕生心血赢取这场残酷的战争。骁勇善战的徐世勣最后把高句丽的国王高藏生擒回朝时，我的父皇狂笑不止，他把高藏作为祭品呈献给太宗皇帝的陵墓，然后又呈献给太庙里列祖列宗的亡灵，盛大的狂热的凯旋仪式使长安城陷入了节日的气氛之中，我看见那个被俘的年轻国王坐在囚车里，脸色苍白，眼睛里充满悲凉的湿润，我没有任何的喜悦和自豪，我从高藏的身上发现了我自己的影子，只不过我坐的是另一种以金玉锦绣装饰的囚车罢了。

我不喜欢战争的结果，得胜回朝的官员们受到父皇的加官封爵和金银之赏，而那些战死疆场者被异乡的黄土草草掩埋，很快被人遗忘。战争总是使数以万计的男人命丧黄泉或者下落不明，父皇把那些下落不明者一概视为逃兵，他曾颁布过一道严酷的近乎无理的诏令，那些在战争中失踪的士兵一旦返归故里，全部斩首示众，其妻子儿女也遭连坐，男为奴女为婢。

一次春日的微服出巡途中我看见一个空空荡荡的村庄，没有人烟，只有几条野犬出没于茅舍内外，我问马下的宦官，为什么这个村庄没有人？一个宦官说大概村里出了逃兵，连坐之罪是常常导致这种荒凉之景的。我在村外的官道上遇见了一个年迈的瞎眼农妇，她怀抱着一件东西面向路人恸哭不止，我无法忘记我与那个农妇的谈话。

你在哭什么？

哭我的儿子。

你怀里抱着什么？

我的儿子。

你儿子被斩首了？

是皇上砍了我儿子的头。

你儿子是逃兵吗？

不，不。官府抓丁的时候他在发热病，我把他藏在地窖里，他只剩下半条命挨到现在，好不容易病好了，下田耕种了，可皇上派人砍了他的头。

我记得那个悲恸的农妇抱着她儿子干枯发黑的头颅，她的瞎眼已经不见泪痕。当我因惊悸而拍马离去的时候，我听见后面传来的更为悲恸的哀叫，客官行行好，把我的头也给皇上带去吧。

出巡回宫后我一夜未眠，瞎眼农妇的哀哭之声犹在耳边，我连夜写了一份奏疏呈给父皇。与其杀不辜，宁失不经。这是我的奏疏中的精义，我觉得我有义务劝谏父皇停止滥杀无辜。幸运的是父皇采纳了我的奏议，更幸运的是我最终挽救了一批逃亡者的生命。

我是东宫太子，对于宫外的苍茫人世我只是一个安静的观望者，我还能做些什么？长安大饥馑的时候饿殍遍地，大明宫角楼上的鸦群每天都往西集队而飞，我问侍宦乌鸦何故西飞，侍宦告诉我长安城里集结着数万逃荒的灾民，活着的人把饿死的堆在马车上拖出城去，乌鸦就是去追逐那些运尸车的。我打开了属于我自己的粮仓赈济饥饿的灾民，但是我的粮仓并不能填饱灾民们的空腹。这不免使我感到一点悲哀。

我是东宫太子李弘，每逢父皇龙体不适的时候我在光顺门、延福殿这些地方监理国政，但我母亲的铁腕从珠帘后伸过来，握住了我，也握住了整个朝廷的命脉，我真的能看见那只粉白的巨大的手，在每一个空间摸索着、攫取着，那只手刚柔相济而且进退自如，缚住了我的傀儡父皇。我曾经以多种方式规劝我母亲缩回那只可怕的手，积聚的不满和愤怒常常使我冒犯母亲，然后我从母亲那里得到的是更其冷淡的目光，嘲谑的微笑和尖刻的恩威并重的言辞，我的母后，不，那时候她已被父皇封为神圣的天后，她不会缩回那只手，那只手更加用力地压在了我的头顶上。

我是东宫太子李弘，东宫里云集了许多学识超人的学者谋士，但是没有人告诉我如何移开我母亲的那只手，除了仁慈满怀以礼待人，除了史籍上记载的我的寥寥功绩，我还能做些什么？

四

上元二年是一个奇异的充满预兆的年份，这一年我长期病弱的身体犹如三月杨柳绽放新枝，前所未有的健康的感觉使我找回了青春和活力，我甚至可以坦陈我一生中的肉欲体验也都集中在这一年中。

我不知道这段短促的幸福生活只是一种回光返照，我也不知道母亲为什么在这一年对我产生忍无可忍的感情，我究竟做错了什么？或许只是我重新获得的健康加深了母亲的戒备心理，或许我在偶尔监国的过程中伤害了她的权力和自尊，或许只是因为我对义阳公主和宣城公主的怜悯和帮助激怒了母亲。

是裴妃告诉我有关义阳和宣城公主的消息的，有一天我们在品茗闲谈中谈到了已故的萧淑妃，谈到她的亡灵变成一只黑猫出没于宫中，使母后一再迁居，也使那些当初对萧淑妃落井下石的宫女担惊受怕。裴妃突然问我，你还记得义阳公主和宣城公主吗？我说当然记得，小时候常常在一起荡秋千踢毽子，义阳公主很美丽，她长得像父皇，宣城公主更美丽，她长得像她母亲萧淑妃，我记得她们都喜欢帮我穿鞋束带。裴妃迟疑了一会儿，轻声对我说，你应该去看看她们，她们都在掖庭的冷宫里。

这个消息令我震惊，我记得母后曾经告诉我那两个姐姐因为染病先后病死了。萧淑妃已死去多年，她留下的两位公主竟还弃置于冷宫一隅，这个出乎意料的消息真的令我震惊了。我不知道这是出于遗忘还是我母亲对萧淑妃长存不消的仇恨，不管怎样，我把此事视为辱没礼教玷污皇家风范的一件罪恶。

当我在掖庭宫最偏僻的陋室里看见那对姐妹时，我无法相信自己的眼睛，义阳公主的乱发已经银丝缕缕，而曾经以超人的美丽和娇憨受到父皇宠爱的宣城公主面容枯槁，目光呆滞，她们坐在阴暗潮湿的陋室里，手中抓着一团丝线，地上也堆满了缠好的大大小小的线团，可以想见她们就是缠着丝线打发了十九年的幽禁岁月。

是我母亲的冤魂带你来的吗？义阳公主颤抖的声音使我惊悚，她说，是一只黑猫带你上这里来的吗？

不是，是我自己。我说。

你想把我们从这里带出去吗？你能把我们带出去吗？义阳公主一直用狐疑的目光审视着我，我觉得她对我的突然探访充满了戒心。

我不假思索地回答了义阳公主的疑问，我说，无论怎样我要让你们离开这里。想说的话并没有说完，因为我抑制不了我喉咙里的哽咽之声。在我匆匆离去之前，我听见沉默的宣城公主突然尖叫起来，快走，小心让皇后看见。她将手中的线团朝门外掷来，让皇后看见你们就没命了，她的喊叫听来凄厉而疯狂，剁掉你们的手足，把你们泡在酒缸里，你们也会没命的。

我想帮助两位异母姐姐的欲望如此强烈，我上奏父皇请求两位公主的婚嫁之事，措辞中无法掩饰我对父皇母后的谴责。父皇恩准了我的奏议，也许他只是在读到我的奏疏时才想起两位公主已经在冷宫里幽禁十九年，作为子孙成群的天地君主，父皇经常会将他的儿女后代相互混淆乃至遗忘，这在宫中不足为怪。而我母亲在这件事情上态度颇为暧昧，她把义阳公主和宣城公主的不幸归结为内宫事务的疏漏，我听见她在赞扬我的仁慈亲善之心，但我看见她的目光冰冷地充满寒意。我记得母亲倚坐在虎皮褥上，手里捻动着一只檀木球，有番话听似突兀其实正是她对我的斥骂。我母亲突然问我，弘儿，你与两位公主有姐弟之情吗？我点头，我说我与她是姐弟，当然有一份不容改变的血脉之情。我母亲的嘴上已经浮出了冷笑，弘儿，你觉得两位公主是在替母受过吗？我再次颔首称是，紧接着我母亲的情绪冲动起来，而且我发现她的眼睛里隐约闪烁着一丝泪光，她说，你从来都在怜悯别人，唯独不懂为自己庆幸，假如我与萧淑妃换一次生死，你就不止是像两位公主一样适龄未嫁，你早就做了萧淑妃的刀下鬼魂了。

我母亲其实是在提醒我的知恩不报，或者就是在斥责我对于她的叛逆，但我不认为我做的事违反孝悌之道，我只是在守护我心目中神圣的礼教大义。

几天后我母亲操办了义阳公主和宣城公主的婚事，她为两位公主择取的驸马是两名下等的禁军士卒，义阳公主嫁给了权毅，宣城公主嫁给了王遂古。两位公主的婚嫁当时成为朝野笑谈，权毅和王遂古的名字成为行路拾金的象征，而我的那两位异母姐姐随俗野之夫远走异乡，从此杳无音信，我的帮助对于她们是福是祸已经不可推测了。

不可推测的更数我的母亲，那时候世人已经称她为天后，人们对于她褒贬不一毁誉参半，我是不是比别人更了解我的母亲？我不知道，有时候我觉得她的心是深不见底的万丈绝壑。我的生命的一半握在手中，另一半却在那道深壑之间慢慢地坠落。

有些野史别传把我的死亡渲染得何其神秘，其实投毒杀人是所有宫廷最常见的政治手段，简单易行而免去钩心斗角殚精竭虑之苦。我说过上元二年我发现了一些预兆，东宫的墙沿和空地上无故长出了黄色成白色的菊花，温厚贤淑的裴妃为我日益恢复的健康抚额欣喜时，我说，健康于我不是好事，也许是一种凶兆。我想那不是玩笑，是我对自己生命的衡量和把握，它对裴妃当然是不可理喻的。

我在想我是否有机遇逃脱合璧宫的那次夜宴，假如四月十三这天我在长安而不在洛阳，假如那天我在看见鸟笼落地后辞谢了母亲的夜宴，我是不是能活下去？我还能活多久？

裴妃知道我没有兴趣享受那些宴席上流水般的珍馐美肴，但是我从不在细枝末节上拂逆母后之意，我走出寝宫的时候，看见一只养着金雀的鸟笼从廊檐上落下来，有宦官匆匆地抬起了鸟笼，我朝笼子里的鸟端详了一番，好好的你怎么掉了下来？宦官在一旁说，可能是风，可能是钩子断了。我想着鸟笼的事登上了前往合璧宫的车辇。

合璧宫的宴席上坐着父皇、母后和几位受宠若惊的朝廷政要，我坐在父皇的左侧，与那些官员们寒暄着并接受他们对我病体恢复的祝贺，这样的场合我总是缺乏食欲，心如止水，我注意到合璧宫夜宴上的母亲，雍容华贵的服饰和机敏妥帖的谈吐使她焕发出永恒的光彩。

我只是喝了两杯淡酒，吃了几片鹿肉，我想问题肯定出在那两杯淡酒上，鸩毒或许早就浸透了我的酒杯。这是一段众所周知的历史记载了，我在饭后饮茶时发出了惨烈的呼叫，那正是投毒者等待的那种叫声。

我没有走出美丽而肃杀的合璧宫。

我想告诉我的父皇，我的弟弟贤、哲、旭轮和妹妹太平公主，在濒临死亡的瞬间是什么使我的脸如此绝望如此痛苦，我看见了母亲的那只手，那只手在天后凤冕上擦拭鸩毒的残迹，告诉他们我看见了母亲的那只手。

告诉他们要信任一个不幸的亡灵，小心天后，小心母亲，小心她的沾满鸩毒的手。

昭仪武照

一

　　宫女们知道武昭仪返宫时戴的那顶帽子是王皇后赐送的，先帝的侍女如今重返后宫得益于王皇后与萧淑妃的夺床之战，王皇后当初是想借助武昭仪来遏止萧淑妃恃宠骄横的气焰，但宫闱之事风起云涌诡谲多变，正如宫女们所预料的，那个来自尼庵的女子绝非等闲之辈，她是不会甘心做王皇后的一颗棋子的。

　　高宗对武昭仪的迷恋使宫人们私下的谈话多了一个有趣的话题，戴帽子的武昭仪确实别有一番美丽的风姿，她周旋于天子、皇后和萧淑妃之间游刃有余，即使是对待卑下的侍女宫监，武昭仪的微笑也是明媚而友善的，许多宫女都意外地收到了武昭仪的薄礼，一块丝绢或者一沓书笺，而武昭仪献给王皇后的是一只精心制作的香袋，香袋的一面绣有龙凤呈祥的图案，另一面则绣着万寿无疆四个金字。

有宫女看见王皇后收纳香袋时神情落寞，她握住武昭仪的手赞叹道，多么灵巧的手，多么耐看的手，绣出的龙凤能飞能舞。

武昭仪就羞赧地说，在庵寺里清闲惯了，做些女红消遣时光，好坏都是我对皇后的一片敬意了。

这只凤绣得活了，王皇后轻抚香袋，然后她的目光移向武昭仪，久久地注视着，突然王皇后讪讪一笑道，怕就怕它飞了，死了，被人驱走了。

宫女们看见武昭仪的脸乍然变色，看见武昭仪跪地而泣，如果这只香袋让皇后勾起伤心之事，那就是我的死罪了。如果香袋上的凤让皇后出此凶言，我就该将这五只手指连根斩断。

那是武昭仪初回宫门时的事情，曾几何时，王皇后视武昭仪如帝后密友，她们携手合作疏离了高宗对萧淑妃的宠溺，高宗对美貌的伶牙俐齿的萧淑妃日益冷淡，有一天宫女们听见萧淑妃在皇子素节面前诟骂武昭仪，不在庵寺里好好地超度先帝英灵，倒跑回宫里八面玲珑来了？萧淑妃对她嫡出的皇子素节说，素节，你记住武昭仪是个害人的妖魅，千万别去理睬那个害人的妖魅。

御医们发现武昭仪返宫前已经珠胎暗结，半年后武昭仪平安地产下了高宗的第五个儿子，御医们记得武昭仪分娩后的笑容如同五月之花，灿烂、慵倦而满足，而守候在产床边的昭仪之母因狂喜万分而放声大哭。御医们看见武昭仪的手在空中优美地滑动着，慢慢地握住母亲杨氏的手。

替我看住皇子，武昭仪对母亲说，别让外人随便靠近他。

新生的男婴被高宗赐名为弘。嫔妃们在午后品茗闲谈时议论起武昭仪和她的男婴，谈论起她与天子独特的情缘，她们认为后宫六千没有人会比武昭仪更走运了。

王皇后未曾生育，庶出的太子忠只是她的义子。宫人们都知道太子忠的生母刘氏是东宫膳房里守火的婢女，聪明泼辣的萧淑妃多年来一直纠缠着高宗改立素节为太子，理由就是太子忠的卑微血统有辱皇门风范，但是任何人都可以将此理解为萧淑妃对后位的觊觎，太子之母终将为后，这是不言而喻的，事实上这也是王皇后与萧淑妃明争暗斗的根本原因。

不知道是从哪一天开始的，一后一妃的斗争偃旗息鼓了，宫女们发现形同陌路的皇后和淑妃突然频繁地往来做客，而皇后不再与武昭仪在后花园携手漫步了，敏感的宫女们意识到后宫之战已经起了波折，原来的后、嫔联手已经演变成后、妃对嫔的罕见模式了。谁都清楚王皇后与萧淑妃现在有了共同的目标，那是高宗的新宠武昭仪。

皇后与淑妃在高宗面前对武昭仪的诋毁最后全部传回武昭仪的耳中，这也是诋毁者始料未及的，传话的人不仅包括武昭仪以恩惠笼络的宫人，也包括高宗本人。高宗厌恶地谈到皇后与淑妃，他说，我讨厌饶舌的搬弄是非的女子，她们令我想起争抢食钵的母鸡。武昭仪问，陛下觉得我是争食的母鸡吗？高宗摇了摇头说，不，依我看尼庵两年让你懂得了妇道，也让你悟透了让天子臣服的诀窍。武昭仪凄然一笑，她的双手轻轻地揉捏着天子的肩背，我做了什么？其实我什么也没做，皇后淑妃用不着迁怒于我，我只是每天想着如何让陛下快乐安康，只是为陛下多添了一个儿子罢了。

高宗在后、妃、嫔的三角之战中始终站在武昭仪的一边，宫人们猜测个中原因，高宗也许对武昭仪的两年尼庵生涯怀有几分歉意，始乱终弃而后亡羊补牢，这对天性温善的高宗不足为怪，但是更多的人赞美着武昭仪的品貌学识，他们预感到一个非凡的妇人将在太极宫里横空出世。

女婴公主思在一个春意熏人的日子死在摇篮里，其死因扑朔迷离，也使后宫的红粉之战趋于白热化。

武昭仪的母亲杨氏发现女儿不喜欢她的女婴，女婴无法像皇子弘一样为其母亲增添荣耀和希望，杨氏理解女儿厚此薄彼的拳拳之心，但杨氏怀疑那天无意窥见的死婴内幕是一个梦魇，杨氏情愿相信那是一个梦魇而不相信自己的眼睛。

王皇后来看望新生的小公主，王皇后总是满腹心酸却要强颜欢笑，到宫中各处看望嫔妃们生的皇子公主是她的一部分日常生活，那天武昭仪称病未起，王皇后径直去摇篮边抱起女婴逗弄了一番，女婴大概不喜欢陌生人的抚爱，她始终哼哼地啼哭着，杨氏在屏风后面窥见王皇后终于皱着眉头放下了女婴，王皇后顺手在女婴的腮部拧了一把，不识好歹的货，王皇后低声骂了一句就气咻咻地往外走，杨氏看见她的一块丝帕从袖管间滑落在地。

随后连通武昭仪寝房的暗门轻轻打开了，杨氏看见女儿媚娘满面潮红地出现在公主的摇篮边，她赤着脚，抚颊观望四周，其目光恍惚而阴郁，杨氏看见她弯腰捡起了王皇后遗落的丝帕，看见她以一种类似梦游的姿态将丝帕横勒在女婴的颈喉处。

饱经沧桑的杨氏咽下了她的惊骇之声，她怀疑女儿在梦中或者是自己在梦中，但眼前亲母杀婴的一幕使杨氏晕倒在屏风后面，不知隔了多久，杨氏苏醒过来，她听见女儿媚娘凄厉疯狂的哭叫声，听见侍婢们慌乱奔走的脚步声，有人说，怎么会呢，只有皇后刚刚来看过小公主。

母亲杨氏除了陪着女儿哀泣外噤声不语，她知道这是女儿对皇后不惜血本的一击，但她惊异于女儿采取了如此恐怖的割肉掷敌的方式。受惊的老妇人在神思恍惚中再次想起袁天纲多年前的预言，预言在女儿媚娘身上是否开始初露端倪？

几乎所有的宫人都断定是王皇后扼死了武昭仪的女婴。高宗也作出了相似的判断，他看着病卧绣榻悲痛欲绝的武昭仪，心中充满怜爱之情，而对于皇后的厌憎现在更添了一薪烈火，高宗当时就驱辇直奔皇后寝殿，龙颜大怒，对皇后的质问声色俱厉。皇后身边的那些宫女看见皇后泣不成声地为自己申辩着，终因过度的悲愤而扑进她母亲柳氏的怀中，王皇后边哭边说，我把妖狐领进宫中，倒给自己惹了一身的骚气，我是钻了武照的圈套了。

宫人们看见高宗最后将一块丝帕掷在王皇后脚下扬长而去，他们敏感地意识到皇后已经处于一种风声鹤唳的险境。从此春风不度东宫，失宠的皇后再失尊严，终日在病榻上诅咒红粉祸水褒姒妲己，东宫里有人向武昭仪密报了皇后的指桑骂槐，那几个宫人也许是最早预测了废后风波和东宫新后的聪明人。

长孙无忌等朝廷重臣发现高宗的废后之念已经像看不见的陀螺愈转愈急。

每当高宗在长孙无忌面前言及废后之念，长孙无忌的眼前就浮现出武昭仪眼神飘飞沉鱼落雁之态，作为王朝的倨功之臣，无忌从不掩饰他对那位先帝遗婢的微言贬语和一丝戒备之意，当高宗向无忌夸赞武昭仪的贤德才貌时，长孙无忌不置可否地回忆着先帝太宗的临终托孤，他说，皇后出身名门世家，在宫中一向恪守妇道礼仪，陛下何以将皇后置于大罪之中？高宗说，皇后杀了昭仪的女婴，长孙无忌淡然一笑说，后宫裙钗之事从来是一潭深水，水深不可测，皇后杀婴毕竟没有真凭实据，陛下不可全信。高宗面露愠色，话锋一转谈及夏天以来恒州、蒲州及河北各地的洪水之灾，言下之意王皇后的命相给社稷带来了灾难。长孙无忌惊异于天子的奇谈怪论，他怀疑那是出自武昭仪之口的枕边聒噪。长孙无忌不无悲凉地想到天子之心犹如八月云空变幻无常，臣相们的忠言贤谏往往不敌红粉妇人的一句枕边聒噪。

长孙无忌有一天在御苑草地上与武昭仪邂逅相遇，昭仪正带着三岁的皇子弘跳格子玩，长孙无忌注意到丧女不久的昭仪已经再次受孕。她的恃宠得意之色恰似挡不住的春光，三分妩媚七分骄矜。宫礼匆匆，长孙无忌难忘武昭仪朝他投来的幽暗的积怨深重的目光，此后数年，那种目光成为他峨冠白发之上的一块巨大的阴影。

几天以后长孙无忌在家中意外地为天子接驾，高宗带着武昭仪和十车金银厚礼突然驾临长孙府，其用意昭然若揭。长孙无忌在盛情款待天子之余，冷眼观察武昭仪的一言一行，他不得不承认这个女子在宫中二十年已经练就了某种非凡的本领，微笑、谈吐和缄默都像精妙的乐伎，她在高宗身旁是一朵天生的出水芙蓉。

据说高宗在长孙家的酒宴上明确告诉长孙无忌，他要废黜王皇后而立武昭仪为后，长孙无忌王顾左右而言他。但武昭仪临别前微笑着告诉无忌，她已奉诏修撰《女则》，就像太宗时代的长孙皇后修撰《女训》一样。无忌读懂了武昭仪唇边的神秘的微笑。他知道一切都已无可挽回了。

宫闱奇事都是连环结，武昭仪的《女则》是一个结，当高宗有一天向朝臣们谈起他想在贵、淑、贤、德四妃之上另立宸妃时，朝臣们知道那并非天子的忽发奇想，他们看见了武昭仪的纤纤玉手如何灵巧地编织着这些连环结。

长孙无忌和他的同盟者侍中韩瑗、中书令来济合力劝阻了高宗的计划，但是长孙无忌们不能劝阻武昭仪的那只手，没有人知道武昭仪的连环结已经准确无误地套住了王皇后的那顶凤冠。

也许是王皇后自己撞在一柄锋利滚烫的剑刃上了。大唐皇室对于邪教巫术从来都是深恶痛绝，那么王皇后为什么去密召巫女进宫大行厌胜之术呢？王皇后是否没有意识到由此带来的危险？她身边的宫女后来说，皇后其实是早就处于不死不活的幽闭状态了，唯有巫女们的跳神之舞和咒语喊魂使她脸上复归红润，是她的母亲柳氏在秘密而狂热地张罗那些厌胜之术。

武昭仪对皇后宫中的所有事情都了如指掌，有一天她忧心忡忡地向高宗禀报了皇后和她母亲柳氏沉迷于邪教巫术的消息，高宗大怒之下派数名宦官前往皇后宫中搜寻罪证，宦官们在一个暗殿里找到了他们需要的东西，白磁香炉、清水、黄酒、牲畜骷髅，更重要的是一个刺满了铁钉的桐木人。宦官们看见桐木人身上用黑漆写了四个字：昭仪武照。

据说王皇后从病榻上挣扎着爬起来，朝领头的宦官脸上扇了一记耳光，随后就昏倒在地上了，而皇后的母亲柳氏在激愤之中抓破了自己的脸，她将血涂在宦官们的黄袍上，嘴里喊着，拿这个回去向武昭仪邀功领赏吧。

高宗对皇后的惩罚最初留有余地，他下令将皇后的母亲魏国夫人柳氏逐出宫外，而王皇后幽禁于皇后宫中，只是中书令柳奭，皇后的舅父，曾经身居高位的朝廷红人，先是易职于吏部尚书，继而又受皇后所累贬任遂州刺史，柳奭离京去往遂州，据说在驿路酒铺中泄露了武昭仪曾是先帝侍妾的宫中隐私，愤怒的高宗下诏命令柳奭掉转马头，将其贬往更其遥远更其荒凉的荣州去了。

柳奭悲哀的旅程，也曾是朝臣官吏们的一个话题，许多人从中闻说后宫群芳失色，唯有武昭仪一枝独秀，武昭仪已经把王皇后和萧淑妃推上了万丈悬崖，武昭仪涂满蔻丹的手指弹乱了高宗的心弦。人们现在拭目以待，昭仪之手是否能将那些眼中钉一一拔除，譬如长孙无忌，譬如三朝老臣褚遂良，又譬如侍中韩瑗和新任中书令来济，那些被称为无忌派的朝廷势力，他们正合力抵御着高宗的换后计划，因为他们普遍同情王皇后而视武昭仪为天子身边的红粉祸水。

　　长孙无忌的政敌们在换后问题上却找到了一个突破口，许敬宗、李义府等人多次上奏天子请求废黜旧后立武昭仪为后，与其说许李诸吏是迎合天子欢心，不如说那是朝廷派系之争中的一个筹码。所以又有人说，武昭仪的封后之梦梦亦成真，其原因在于天时地利人和，也可以说得益于朝廷政要间的倾轧和派系之争。

　　萧淑妃有一天去皇后宫中探视幽禁中的王皇后，两个伤心人便抱头痛哭。萧淑妃说起武昭仪时咬牙切齿，眼睛里的泪水和怒火交替出现。她对王皇后说，岂能让那个贱婢荡妇在宫中八面玲珑？我要跟她拼个鱼死网破。

但是萧淑妃拼斗的方法无疑是笨拙的失去理智的。萧淑妃差侍婢珠儿给武昭仪送去一碗燕窝羹，武昭仪接过燕窝时脸色已经变了，她佯笑着审视珠儿的表情，珠儿不明就里，听见武昭仪说，珠儿，这碗燕窝我赏你喝了，珠儿就真的谢了恩退到一边把一碗燕窝都喝了。宫女们眼睁睁地看着珠儿在十步之内惨叫着倒在花坛上，嘴里喷出一摊黑血。

武昭仪站在台阶上目睹了珠儿服毒身亡的整个过程，她的神情看上去平静如水，有宦官跑来询问如何处置中毒的珠儿，武昭仪说，这还用问？把她送还给萧淑妃。就有人手忙脚乱地抬走了珠儿。武昭仪这时候发出了幽幽的一声叹息，她对周围的宫人说，珠儿也够愚笨的，够可怜的，什么样的主子使唤什么样的奴婢，这话是千真万确。

那天有风从终南山麓吹来，吹乱了苑中花卉和廊檐下的璎珞，风中的武昭仪裙裾飘摆，目光深远而苍茫，她的手里一如既往地把玩着那只紫檀木球。昭仪之母杨氏在窗后久久地凝望女儿，看见紫檀木球上点点滴滴都是如梦如烟的往事新梦。杨氏老泪纵横，她看见太极宫上空再次掠过太白金星炫目的流光，她看见女儿手中把玩的就是那颗神秘的星座。

二

高宗的废后圣旨使宫廷内外一片哗然。

圣旨说，皇后及萧淑妃玷污妇德女训，合谋以鸩毒害人，废为庶人。

圣旨还说，皇后其母及兄弟一律玉牒除名，流放岭南。

长孙无忌和褚遂良那天匆匆赶到皇后宫中，皇后已经奉旨离去，留下遍地零乱的杂物和纸笺，宫人们忙乱地收拾箱奁准备各奔东西，两位老臣听见皇后的哀哭声萦萦绕梁，只能是相对无言了。两位老臣在为王皇后一掬同情泪之余，也深深被一种严峻的现实所刺痛，从此之后操纵天子的人将不再是他们而是一个莫测高深的妇人了。

两位老臣步出皇后宫时步履沉重，神情悲凉，褚遂良想起废后风波隐含着浓烈的朝纲之战的火药味，不禁抚须而叹，山雨欲来风满楼。而长孙无忌一直仰望着太极宫的天空，天空中浮云流转，苍老的无忌朝空中伸出左右双掌，似乎要托住什么，自古以来红粉之祸都是穿天之石，无忌长叹三声道，大唐之天如今令我忧虑。

这个皇宫之秋是属于武昭仪的，她终将成为一国之后，无忌派的谏阻在高宗面前渐如蝇鸣，中书侍郎李义府对昭仪的歌颂一奏使他轻跳三级官爵，据说另一位德高望重的老臣司空徐世勣对武照称后起了决定性的作用，徐世勣异常轻松地跳上顺风之舟，他对高宗说，天子册后唯天子意愿为重，无须为臣下左右。据说高宗茅塞顿开，而帘幕后的武昭仪也因此流下感激的泪水。

宫中的传说是不可鉴证的，可以鉴证的是天子的诏书，它证明永徽六年的秋天确实是属于昭仪武照的。

武氏门著勋庸……往以才行选入后庭……德光兰掖。朕者在储贰，特荷先慈，常德侍从……宫壶之内，恒自饬躬，嫔嫱之间，未尝忤目。圣情鉴悉，每垂赏叹，遂以武氏赐朕，事同政君。可立为皇后。

永徽六年十一月一日的早晨，前荆州都督武士彟的女儿武照四更即起，为册后大典沐浴梳妆，一夜乱梦现在杳无梦痕，武照依稀记得她在梦境中看见过亡父之魂，看见亡父之魂潜藏在枕边的紫檀木球里，她记得紫檀木球在梦中是会吟诵的，吟诵的谶言警句恰恰是袁天纲在二十八年前的预言。

以青黛描眉，以胭脂涂唇，以浓艳的粉妆巧妙掩饰不复青春的姿容，武照想起十四年前的那些秋天的早晨，她是如何在一个暗无天日的黑洞里为太宗皇帝对镜梳妆，往事如烟如云，武照为当年掖庭宫的小宫女洒下数滴清泪。

母亲，你觉得我快乐吗?

你当然快乐，五更一过你就要冠戴皇后宝绶了，母亲杨氏说。

母亲，你觉得我幸运吗?

你当然幸运，天子赐洪福于武氏门荫，武氏宗人将永远感激天子的恩情。

可是女儿现在并不快乐，这一天来得太迟了。

母亲杨氏看见女儿的脸上确实充溢着不可思议的哀怨之色，女儿将高宗特赏的明月夜光珠嵌入凤鬓之中，将绣有十二朵五彩雉尾的礼服轻卷上身，一切都做得娴熟自如，母亲杨氏突然觉得她的媚娘早就奔驰于母亲的记忆之外，如此陌生，如此遥远。

是司空徐世勣和右相于志宁送来了高宗的册后召制，当那辆天子的金辂车停在御殿前，徐世勣无意侧目远眺西面的终南山，一轮旭日正从山顶秋霭之中喷薄而出。

受册的新皇后迎着深秋朝阳步出内殿，被华盖所掩映的天姿国色和大宠不惊的微笑，令册后者们叹为观止，四妃九嫔盛装排列两侧，齐声祝祷，她们以酸楚或者妒嫉的目光看着武照轻提礼装登上重翟车。新皇后的锦旗已经在太极宫迎风飘扬了。

一百余人的仪仗队伍浩浩荡荡地前往皇城的正门则天门。皇后武照远远地看见则天门威严磅礴的城楼流溢出胭脂般轻裹的色彩，不是霞光投泻在则天门上，是她半生的凄艳沉浮映红了则天门，皇后武照远远地看见则天门下的文武百官，紫袍玉带或者绯袍金带，抵制她的人或者谄媚她的人，他们现在恰似五彩的蚁群拜伏在她的重翟车下。在一阵势如惊雷的钟鼓之声中，新皇后武照从锦屏步障间通过了则天门，她竭力回忆着十四年前初进皇城的情景，只记得一块黄绢蒙住了那个女孩的眼睛，她并不知道当初是从哪座皇门进入这个荣辱世界的，十四年的回忆在这个时刻蓦然成梦，新皇后武照在锦屏华盖的掩护下以热泪哀悼了十四年的伤心生涯。

皇后受朝自武照开始，当新皇后武照突然出现在肃仪门上，文武百官发出一片惊呼之声。许多官吏第一次亲睹武照美丽的仪容风采，依稀泪痕只是使那个妇人平添几分沧桑。许多官吏发现秋日朝阳像一只巨大的红冕戴在皇后武照的凤髻头饰之上。

已故的荆州都督武士彠倘若地下有知，他会感激武姓一族光宗耀祖的夙愿在次女媚娘身上成为事实。那个庸碌一生的朝吏在死后多年蒙受皇恩，被追赠为并州都督及司空。武后的母亲杨氏封为代国夫人，姐姐武氏封为韩国夫人，甚至皇后的异母兄弟元庆、元爽，堂兄惟良和怀远，都从此官运亨通，成为堂堂的四品京官。

宫墙外的百姓手指武姓新吏的旗旌和人马，悄然耳语道，一人得道，鸡犬升天，而宫墙内的人们对此处之泰然，不以为怪，殿中省里的官爵升迁记录堆在案几上犹如小丘，那些簿册是经常要吐故纳新的，那是宫廷常识。

王皇后与萧淑妃的名字当然从皇宫玉牒中消失了，她们已经分别被高宗改姓为蟒与枭，而那些守护冷宫禁院的宦官则怀着落井下石的心情尖声叫喊着，蟒氏进食，枭氏进食。

昔日的皇后与淑妃已沦为罪囚，宫役们奉武后之旨封闭了囚室的门窗，只在墙上开设半尺之洞，供食物和便器传递之用。最初宦官们经常趴在洞口听两个妇人的哀哭和对武后的诅咒，后来囚室里渐渐安静了，或许两个妇人已经精疲力尽。宦官们玩味着黑暗中两个女囚的痛苦，心里便有一种复仇的快感。三十年河东，三十年河西，皇亲国戚和皇后嫔妃也难逃这条宫廷之律，况且宦官们记得从前的皇后与淑妃对待下人是何其苛暴何其尖刻。

高宗那天怀着一份恻隐之心驾临树林后的冷宫，他想看看一贬再贬的皇后淑妃是否有悔过之意，但他推开所有的木门都不见她们的踪影，只是看见那个小小的墙洞，洞口架着一盘残羹剩饭，几只苍蝇正在鱼骨上盘旋翻飞。

皇后，淑妃，你们在哪里？

高宗的一声忘情的呼喊充分显示了他作为柔情男子怜香惜玉的那部分，紧接着他看见一只枯瘦的手从墙洞里伸出来，他握住了那只手，听见废后的呜咽从洞口幽幽地传入耳中。

我们既已沦为罪囚，陛下为何仍以旧衔相称？废后在黑暗的墙内呜咽着说，假如陛下还念旧情，就把此院改名为回心院，把我们贬为宫婢服侍陛下吧。

而在另一个墙洞里响起了杯盆粉碎的声音，被易姓为枭氏的前淑妃正对着墙洞号啕大哭，那个倔强的妇人即使在囚室里仍然寄希望于儿子素节，皇上开恩，立素节为太子吧。枭氏的央求在宦官们听来是荒诞而滑稽的，他们想笑，但是高宗伤心的表情使他们不敢放肆。

高宗那天垂泪不止，宦官们看见他弯腰对着墙洞作出了许诺。高宗在这个悲情瞬间忘记了治罪两位妇人是他的诏令，忘记了君无戏言纶言如汗的帝王之规，所以在场的宦官们对于高宗的许诺颇为惊诧。

高宗一去杳无回音，冷宫的宦官们忐忑不安地等候着对废后废妃的新的发落，他们猜测这种尴尬局面的原因，或者是高宗在清醒理智的状态下收回了他的怜悯之心。宦官们已经无力正视墙洞后蟒氏枭氏的两双眼睛，它们在一片幽寂之中闪烁着磷火般的光芒，焦灼的等待和等待的悲伤，她们的眼睛终日守望着高宗的车马之影。

冷宫的宦官们最终等来的是皇后武照的旨意，蟒氏枭氏于宫禁之中不思悔改，妖言蛊惑天子圣耳，各处笞刑二百。

宦官们打开了囚室之门，分别从干草粪溺中拖出了废后废妃，从前的宫中贵妇如今肮脏而苍老，状如街市乞妇。宦官们捂着鼻子挥鞭笞打两个女囚，两个女囚如梦初醒，废后蟒氏的脸上出现了奇怪的红晕，她的从容之态和对笞刑的配合使宦官们无所适从，她说，打吧，请你们不要放手，既然皇上宠爱武照，我只有以死来报答他们的浩荡圣恩了。废妃枭氏对笞刑的反抗却在宦官们的意料之中，枭氏对宦官们又踢又咬的，但她的一切反抗都是徒劳，暴怒的宦官们踩着她的手足施行了笞刑，枭氏一声惨叫夹着一声诅咒，宦官们后来听清楚她在诅咒皇后武照来世成鼠，她将成为一只复仇之猫咬破她的喉咙。

皇后武照那天去了掖庭宫，掖庭宫与幽禁废后废妃的冷宫数墙之隔，武照清晰地听见了两个冤家受刑时的惨叫声。武照埋头于焚香祭祀的仪式之间，不为所动。随行的宫监宫女不知皇后为谁焚香，他们围立于掖庭宫的露天祭案前，看着皇后虔敬恬然的表情融入一片香雾之中，却无人知道皇后为谁颂祷祝福。

有个小刑监拖着一条沾血的竹鞭从冷宫方向跑来，当他来到祭案前欲言又止时，皇后猛然抬起头以目光审视着小刑监和他手里的竹鞭。

笞刑已经完毕。小刑监禀报道。

她们有悔过之意吗？

蟒氏似有悔过之意，枭氏对皇后陛下诅咒之声不断。

悔过是假的，诅咒才是真的。皇后武照莞尔一笑，又问，她们怎么诅咒我？

鼠。小刑监战战兢兢如实相告，枭氏说她来世做猫杀鼠以报大仇。

皇后武照脸色大变，过了一会儿她的唇边掠过一丝冷笑，不是所有人都有来生来世，皇后武照最后吩咐小刑监说，剁其手足泡入酒缸之中，让那两个恶妇永远爬不到人间圣世来。

掖庭宫祭案前的宫人们眼观香炷噤声不语，其实每个人都留心倾听着远处冷宫的动静。远处的惨叫之声戛然而止，红墙树林那一侧又复归阒寂。而皇后武照这时候命宫人们清扫香灰烛痕，她一边在镏金盆里洗着手，一边向宫人们透露了神秘的被祭祀者的名字，皇后说，我在祭扫两个前辈宫女的亡魂，一个姓陈，一个姓关，你们猜她们最害怕什么？下雨，最害怕雨点打湿她们的脸。皇后说到这里若有所思，宫人们以为她会像她们一样掩嘴窃笑，但皇后明亮的眼睛里分明闪烁着盈盈泪光。皇后最后动情地说，我不会忘记，两个可怜的白头宫女，是她们的亡魂指点我走到今天。

没有人记得那两个白头宫女，她们只是皇后武照的一个沧桑之忆罢了。没有人知道皇后武照的心中是晴是阴，宫人们打开华盖遮护皇后的掖庭永巷之行，皇后在这个阴暗杂乱的地方走走停停，没有人听见皇后耳朵里的轻幽的辘辘之声，那是一只紫檀木球在时光之上滚动的声音。

太 子 贤

一

上元二年六月七日雍王李贤登上了太子之位。那是长安罕见的溽热炎夏，太子贤记得在加冕之典上他大汗淋漓，衣冠尽如水淹，当太子妃房氏以薄荷沾巾为他拭汗时，太子贤曾经向太子妃轻声耳语，大典之日遇此恶热，上苍终将降祸于我。

那时候中毒而死的太子弘尚未安葬，太子弘以孝敬皇帝的追谥之号躲在洛阳的冰窖里。弘和贤兄弟之间恰恰相隔一冷一热的生死世界。弘的忧伤之魂将在恭陵的黄土之下安眠，他对贤的世界已经无所知觉，而贤在大典之日警醒地看见了弘的红楠棺椁，他依稀看见弘在钟鼓声中飘逸于棺椁之外，看见死者绛紫色的脸和嘴边的黑血，死者的头颅无力地垂倒在贤的胸前，太子贤依稀听见弘的沙哑衰弱的声音，弟弟，你要小心，小心。

太子贤就这样突然又言称周身发冷，大典礼毕太子妃为他披上了御寒的大氅，御医前来诊脉，发现新太子的脉息体气一切安好，他们猜想这是心情紊乱所致之状。御医的诊断很快被证实是正确的，太子贤回到东宫马上就恢复了生气，宫人们看见太子贤那天下午一直在与赵道生弈棋。

高宗在众多的儿女中对六子贤爱有独钟，或许是由于贤自幼聪明而善解人意，习文演武且常有惊人不俗的谈吐，或许是由于别的难以名状的感情寄托，贤的另一半血脉可能来自高宗深爱的韩国夫人武氏，武后的胞姊，那个容貌姣美的妇人在几年前已经死于宫廷常见的中毒事件。

太子贤在高宗昭陵祭祖的归路上呱呱坠地，那时候武昭仪与她姐姐武氏陪行在后，宫人们记得武家姐妹的两辆车辇都用布篷遮蔽得严严实实，他们听见了婴儿的哭声，他们记得婴儿的哭声是从姐姐武氏的车上传出来的，但是中御少监向高宗贺奏武昭仪又产皇子之喜，所以随行的宫人后来都是跪在武昭仪的车前祝贺龙胎之产的。

宫人们无法相信武昭仪在公主思猝死后的寥寥数月中再添龙子，因此他们坚信生于昭陵下的小皇子像一棵桃李嫁接的花苗，贤的成长必定会充满传奇色彩。

贤幼年时在宫内玩耍，远远地看见两个小宫女对他指指戳戳，他跑过去问，你们在说我什么？两个小宫女竟然吓得拾裙而逃。贤觉得奇怪，他又问陪在身边的宦官，他们在说我什么？宦官答道，他们夸皇子年少英俊吧，两个小贱婢还敢说什么呢？

贤幼年时就是一个敏感多疑的孩子，那两个小宫女古怪的举止给他留下过深刻的印象，但那时候贤承欢于父皇母后膝下，他并不知道有关他的身世故事正在宫中秘密流传。及至后来，太子贤发现母后注视他的目光远不及父皇那般慈爱，远不及她对弟弟哲、旦和妹妹太平公主那般柔和，他心有疑忌，但他相信那是一个独断的母亲对不听话的儿子的挑剔和怨恨，太子贤不知道父皇与姨母韩国夫人的一段艳情，也不知道有关他的身世故事已经在宫中流传了多年。

事情缘于太子妃的侍婢如花被施以割舌酷刑的血腥一刻，那天太子贤去太子妃房氏的宫中，恰巧听见竹丛后面传来的如花的惨叫声，贤问太子妃，你从来善待下人，怎么今天对一个小婢女大动干戈了？房氏说，如花满口污言秽语，我不能让她玷污了东宫之地。贤笑起来说，一个小婢女又能说出什么脏话来，教训几句就免罪了吧。贤当时不以为意，但当他步出太子妃的殿房后看见几个小宦官正在用水刷洗地面，有一条珠状的血线从斑竹丛后一直延伸到他的步履前，深红色的、时断时续的血晕散发出淡淡的冷残的腥味，太子贤伫足观血，他问小宦官，这是如花的血？小宦官说是如花的血，说如花触犯了宫规，惹得太子妃和皇后大怒，是皇后命刑监来割了如花的舌头。

她到底说了什么？太子贤忍不住追问。

洗血的小宦官叩伏在地说，小人没有听见，不敢妄自揣测。

太子贤开始觉得这件事定有蹊跷之处，他知道从呆板谨慎的房氏那里难以了解真情，于是太子贤想到被他视若爱眷的侍奴赵道生，他让赵道生去弄清如花被割舌的真相，不料话音未落赵道生已脱口而出，不用出去探听，如花之事小奴昨日就悉数知情，只是不敢告诉殿下。

我白白宠你一场，太子贤面露愠色，飞腿在赵道生的臀部踢了一脚，你与我同膳同寝，居然人心两隔，昨天就知道的事到今天仍然守口如瓶，倒是我该割了你的舌头。

赵道生已跪在地上连声喊冤，他说，不是我对殿下有所不忠，是此事不可乱说，说了恐怕会惹来杀身之祸。

什么事可以瞒蔽东宫太子？太子贤对赵道生跺足而叫，说，你说可以免去杀身之祸，不说我就一剑挑了你的心肺喂于路狗野犬。

赵道生汗如雨下，最后他关紧了太子殿上的每一扇门窗，向太子贤透露了那个耸人听闻的秘密。

殿下，谣言已经秘传多年，言称殿下不是武后所生，殿下的生身母亲是已故的韩国夫人。

太子贤的怒容倏然凝固，面色苍白如纸，过了很久他把赵道生扶了起来，并为其拂膝整衣，太子贤握住赵道生的手说，其实我早就疑虑重重，今天终于有人说出了我心中的疑虑。

但是赵道生注意到太子贤的微笑似含苦涩，太子贤向来温热有力的手也变得冰凉乏力了。

太子贤对母后存有敬而远之的戒备心理，这种戒心在太子弘暴亡合璧宫之后愈演愈烈，太子贤尽量减少去洛阳东都与父皇母后相聚的次数，令武后震惊的是太子贤连续两次借故推诿她精心张罗的家宴。

太子贤第二次以肠胃不适之由推辞宴请时，武后的脸上已经声色俱厉，什么肠胃不适，你是出于恐惧和防备之心。我知道你怕什么。武后以一种哀恨交加的目光审视着太子贤，冷笑数声说，你怀疑我毒死了你哥哥弘？你怀疑我有毒杀亲子的怪癖？

武后似乎知道她与贤母子间的那层阴翳从何而来，她曾经刻意地向太子贤回忆当年在驿路上临盆分娩的种种艰辛，贤只是默默地倾听，但武后从贤英武瘦削的脸上感受到的仍然是怀疑、隔膜和拒绝，武后深知那层阴翳像蛛网一样缠结在他们母子之间，已经挥之不去了。太子贤久居东宫，对父皇母后所在的东都洛阳无所眷恋，这一点高宗也觉察到了，当高宗向武后念及百里之外的太子贤时，武后无法掩饰她对太子贤的不满和怨意，武后说，贤在长安临朝受政固然成就可喜，但是陛下不觉得贤有违孝悌之道吗，终日厮混于弄臣娈童之间，却无暇来洛阳稍尽人子之礼，虽然陛下宠爱贤，但我想起他就觉得寒心。

高宗注意到皇后谈起太子贤时总带着不悦之色，他以为皇后主要是讨厌贤与侍奴赵道生的龙阳断袖之好，妇人们通常都对这类事情深恶痛绝。高宗因而列举历代君王与男宠们的逸闻趣事以消除皇后的妇人之见，他并不知道如此劝解于母子相背之症结是南辕北辙。皇后对高宗说，陛下博闻强记，宽容待人，贤的德操恐怕是永远不能与陛下相拟了。皇后漫不经心地捻玩着她的紫檀木球，眼前却浮现出多年前在岐州万年宫撞见高宗与姐姐武氏相拥而眠的情景，那是令人尴尬的一刻，皇后想假如那年夏天姐姐没有跟随他们去离宫避暑，假如她适时地阻止了姐姐与高宗的幽情，现在桀骜不驯的太子贤或许是另易其人了。

洛阳宫里的母亲因此常遣快骑向京城里的太子贤传递家书，母亲以政道孝纲训子，字里行间隐约埋藏了一座愤怒的火山。

太子贤对于韩国夫人没有留下任何记忆，只听说她吃了有毒的山菇而香消玉殒，父皇一直不忘韩国夫人，他后来续情于韩国夫人的女儿贺兰氏就是佐证，贺兰氏被父皇封为魏国夫人，也曾经艳惊六宫粉黛。令人唏嘘的是那美丽的母女俩最终殊途同归，魏国夫人死于另一次蹊跷的毒宴，内侍省记录下毒的凶犯是武惟良和武怀远，据说那是武氏家族的一次家宴，但是一碗肉汤却是有毒的，魏国夫人喝了肉汤，也因此像她母亲那样口吐黑血倒在餐桌之下。太子贤知道母后立刻处斩了疑凶武惟良和武怀远，她的两位堂兄弟。曾有人推测武氏兄弟欲射白鹿却得野兔之尸，但是太子贤始终觉得这种推测缺乏推敲，武氏兄弟没有理由毒杀母后，就像他们没有理由毒杀魏国夫人一样，因此他更相信世人所传武氏兄弟只是一双替罪羊。

太子贤曾经对太子洗马刘纳言流露出一个隐晦之念，他对刘纳言说想看看韩国夫人的画像，刘纳言的回答则机警而一鹄中的。

韩国夫人当初以皇亲国戚之尊入宫，无须请画师为其画像，画像必将无处可寻。刘纳言含笑说道，殿下或许可以从天后口中闻听韩国夫人的天姿国色？她们毕竟是同胞姐妹。

区区小事何须惊动太后？太子贤讷讷而言。

我听说魏国夫人容貌酷肖其母，殿下可以从中想见韩国夫人的风采。刘纳言说。

魏国夫人亡命于毒宴已有数年，我连她的容貌都了无印象，又怎么做攀树逾墙之忆呢？

那么殿下就以贺兰敏之作镜以鉴韩国夫人之光彩，子肖其母，他或许是韩国夫人的活肖像吧。刘纳言又说。

太子终于无言，那时候贺兰敏之暴尸于放逐途中的消息刚刚传入宫中，太子洗马刘纳言的一番谏议貌似愚蠢，但个中深意已被太子贤领悟在心。太子贤后来对刘纳言哀叹三声，他换了种轻松语气问刘纳言，我是父皇的儿子，你说是不是？我的身上流着父皇的血你说是不是？

太子洗马刘纳言说，是的，殿下是大唐皇室的正嗣，江山社稷唯此为忧，后宫传奇飞短流长何足挂齿？

于是太子贤从墙上摘下一杆金鞘马球棍，他将马球棍在空中抡了一圈、两圈，似乎想借此抛却心里那个沉重的负荷。去召集东宫所有马球好手，太子贤大声吆喝起来，这么好的天气，我们打球去。

太子贤骑上了父皇赠送的西域汗血马，出现在御苑的草场上，一身戎装使他显出英武本色，那也是太子贤从小酷爱的装束，红缨头盔，重纹铠甲和挂刺马鞭，太子贤总是像一个将军似的驰骋于御苑球场，策马击球之间嬉笑怒骂皆形于色，东宫的宫人们对此已习以为常。

二

仪凤元年的年号来源于陈州府的上奏，奏书说有人在陈州水边看见了凤凰，所有人都相信了虚幻的凤凰之说，因为那是大吉之兆。武后闻讯对高宗说，再改一次年号吧，仪凤的年号或许可以给社稷带来祥瑞和富庶。如此上元三年又变成了仪凤元年。

太子贤不知道母后为何如此热衷于改换年号，显庆、龙朔、麟德、乾封、总章、咸亨、上元，如今又是仪凤，大唐朝代的年号在母后的心血来潮下已经面目破碎，莫衷一是。东宫的学者们对此颇有微词，他们认为混乱的年号不利于典籍史书的修订，但是没有人为此向朝廷进谏，没有人会冒险触怒一代天后，事实上武后对年号的随意更改缘自北门学士的煽动，而东宫学者们把追随武后的北门学士们当成了政治学术领域的劲敌，北门学士们以圣哲自居，以冷眼轻觑太子身边的张大安、刘纳言、薛元起等人，东宫学者们在忧愤之余便把希望寄托在太子贤身上,《后汉书注》其实就是一种钩心斗角的产物,张、刘、薛三人合力帮助太子贤修撰这部巨著,其挑战和示威的目的也就不言而喻了。

仪凤元年太子贤将《后汉书注》呈献给洛阳宫的高宗,高宗喜逐颜开,就像赏赐当年修撰《瑶山玉彩》的李弘一样,高宗命东宫差役带回了满满一车的金银布帛作为赐物。

但是差役同时也从洛阳捎回了武后的礼物,是两本用黄绢包扎的书册,一本是《少阳正范》,另一本是《孝子传》,两本书都是由北门学士执笔修纂。

书籍的一去一返也是一个历史掌故了。

太子贤收到母后的赠书后发出一声冷笑,他指着《少阳正范》对赵道生说,你懂这个书名吗?少阳正范就是太子正范,或许我解溲放屁她也反对,太子贤行坐不歪又何须她的正范?紧接着太子贤又拿过《孝子传》翻了几页,《孝子传》是给不孝之子读的,如此说来她已经视我为不孝之子了,太子贤说话之际牙齿咯咯颤响,猛然把书砸在地上,他说,什么正范什么孝了,这书只配擦宫人的屁股。

一旁的赵道生惊吓不浅,他知道太子贤的放肆之语是出于积聚多年的火气,但是这种违背理智的火气对于整个东宫都有害无益，于是赵道生小心地拾起地上的书册，柔声劝慰着太子，但是太子贤深深地沉入了激愤之中，太子贤低吼一声拔出星月宝剑，挥剑斩向头顶的一根绳络，应声落地的是一盏镶有水晶珍珠和玛瑙的宫灯。

那是东宫最昂贵最华丽的灯盏。

赵道生后来屡次提及灯盏落地的一瞬间，他说太子贤与武后矢志相抗的决心在这一瞬间暴露无遗。

正谏大夫明崇俨远在洛阳，太子贤不记得他是否曾在洛阳宫的聚会上见过他，他只听说明崇俨的法术精深，祛病诊疾自成一路，父皇和母后对他视若神明，所以当东宫坐探从洛阳宫带回消息说明崇俨在武后面前攻讦太子时，太子贤茫然不解，他说，我与此人素不相识，从何结怨？再则区区江湖术士信口雌黄，我何必与他锱铢必较？

太子贤的宽容很快就被愈传愈烈的流言激变成一团怒火。赵道生在一个鸟语花香的春夜向太子第三次转述了明崇俨的谏言，明崇俨向武后赞叹相王李旦高贵仁厚之相，向高宗皇帝赞叹英王李哲容貌举止酷似先祖太宗，唯独对太子贤的面相竭尽贬低中伤之能事。太子贤命相孤寒，恐怕日后难持大唐社稷，赵道生在枕边模仿明崇俨说出最后一句话时，太子贤突然把他推下了床榻。

滚开。太子贤的脸在月光烛影下扭曲着，迸发出一种暴怒的青光。

殿下息怒，小奴只是如实禀告明崇俨的诬谤之词。赵道生就势跪在榻下说。

滚开。太子贤仍然低声吼叫着，他抓过赵道生的衣袍跳下来，用袍袖拴住了赵道生的脖子，我要勒死你这个搬弄是非的贱奴才，他一边骂着一边勒紧赵道生的脖子，我恨死了大明宫里的飞短流长萧墙之祸，恨死了你们这群唯恐天下不乱的奴才，我要把你们全都勒死。

赵道生努力挣脱着太子贤就地取材的绞套，不要勒死我，不要勒死你忠心的奴才，赵道生惊恐地狂叫着，他感到太子贤的手渐渐地松开了，那只手在他光裸的肩背上松软地滑过，停留在他的臀后，一切又复归平静，赵道生舒了口气，回过头来朝太子贤嘻地一笑，我知道殿下不忍心杀我，杀了我谁还能侍候好殿下的饮食起居？谁还会把洛阳宫的消息一字不差地传给殿下呢？

太子贤那夜的情绪变幻无常，有很长时间他与赵道生默然相对，静听春夜沙漏之声。后来他们各怀心思相拥而睡，赵道生很快就睡着了，但他又被太子贤推醒了，他看见太子贤用一种阴郁而威严的目光注视着自己，太子贤说，你别睡了，今夜启程潜往洛阳，我要你五天之内杀了明崇俨那可恶的老贼。

几天后洛阳城里出了那件轰动朝廷的命案，正谏大夫明崇俨在深夜出宫归家途中被人刺杀。据明崇俨的几名侍从描述，那夜月黑天暝，刺客从路旁大树突降于明崇俨的马前，行凶及逃遁速度之快令人猝不及防，他们只看见刺客的黑衣在奔马上一闪而过。

人们说刺杀明崇俨的刺客绝非拦路的劫盗，人们猜测明崇俨死于他与洛阳宫的暧昧而危险的关系。

高宗皇帝下令大理寺缉拿那个神秘的刺客，诏告张贴于长安和洛阳的大街小巷，但是一年光阴悄然逝去，明崇俨的命案却依然是雾中看花。

太子贤知道母后从一开始就在怀疑他。当他们在洛阳宫共度调露元年这个灾难岁月时，母后多次提到明崇俨的名字，她的哀惜的语气和锐利的目光无疑是一种谴责。太子贤也因此相信她对明崇俨的宠信非同寻常，愈是这样他觉得明崇俨更是死有余辜了。

王子犯法与庶民同罪，你知道这个朝典吗？有一次武后直截了当地试探了太子贤，假如你也犯了法，父皇母后该怎么治罪于你呢？

与庶民同罪。太子贤镇定自若地回答道，儿臣自幼熟读诗书，朝典条例自然也铭记心中。

我就见不得你这种自作聪明的习气。武后冷笑着给太子贤敲了一记警钟，她说，不要想瞒我的眼睛，没有什么能瞒骗我的眼睛。我放不下的只是一份舐犊之情，但是我眼看着你在一点点地伤透我的心，你已经视我如仇敌，我已经从你的眼睛里看出来了。

太子贤记得他当时下意识地转过脸去看母后身边的侍婢上官婉儿，看上官婉儿手中的纨扇，但是武后突然怒喝一声，看着我，为什么不敢看着我？

太子贤咬着嘴唇，他的目光在母后日见苍老的脸上飘浮着，看见的却是韩国夫人七孔流血的死亡的容颜，他在想两个重叠的幻影到底谁是我的母亲？他的目光下落至母后涂满蔻丹的手，那只手始终紧握着一只熟悉的紫檀木球，太子贤隐约忆起儿时曾想从母后手里抢那只木球被重击一掌，或许他对她的怀疑就是从那时产生的？她不会是我的母亲。太子贤的目光最后滞留在武后尖削的指甲上，他依稀看见一片臆想里的鸩毒残液，看见他哥哥弘纤弱的亡魂在毒痕里忽隐忽现，弘说，小心，小心那只手。太子贤想那只手是不是已经朝我伸过来了，现在那只手是不是已经把鸩毒下到帘后的酒杯中了？

太子贤的沉默再次激怒了武后，武后突然一扬手将手里的木球朝他砸过来，为什么不说话？你不敢说话了？我就见不得你这副阴阳怪气的模样，武后气白了脸大声喊道，你心里到底藏着什么鬼？

我已无话可说，太子贤看着紫檀木球从他胸口弹落在地，滚过脚下的红毡地。胸口的那一击带给他的是钻心刺骨的疼痛，拂袖而去之际，太子贤听见自己的心疯狂跳动的声音，他想那不是心跳，是一种绝望的呻吟或者啜泣。

太子贤自此不登武后的殿阶。

种瓜黄台下

瓜熟子离离

一摘使瓜好

再摘使瓜稀

三摘犹自可

摘绝抱蔓归

《种瓜谣》于调露二年在东宫流传，到处哼唱《种瓜谣》的宦官和婢女知道这首小调是太子贤酒后挥墨之作，而乐工的精心配曲使《种瓜谣》听来更有一番凄怆动听的韵味。

小曲的影射之意昭然若揭，摘瓜者是谁？太子妃房氏第一次听一侍婢在洗衣时哼唱《种瓜谣》时大惊失色，她处罚了那几个侍婢后向太子贤通报此事，不料太子贤淡然一笑道，是我让她们随时吟唱的，那是我生平最得意的诗文，为什么不让她们唱？

太子贤预计《种瓜谣》不久会传到母后宫中，他等待着母后对这支小曲作出的反应，冷嘲热讽或者大发雷霆，他已经想好了决绝的答案，他甚至不时地浮出一个悲壮的念头，拔剑自刎于父皇母后面前，或许是自己对一个苛刻专横的母亲最有力的反击。

但是武后宫中平静如水，他们对《种瓜谣》的传播似乎置若罔闻。太子贤悲凉的心境反而变得烦躁抑郁起来，对于紊乱的危机四伏的生活太子贤难以自持。

东宫学者们注意到太子贤优秀的王者风范急遽地归于自暴自弃之中，调露二年的春夏太子贤不思朝政治学，终日沉迷于酒色之中，刘纳言多次看见太子贤与宫女或娈童在光天化日之下大行淫乱之事，云雨交媾甚至不避众人耳目。刘纳言有一次看见赵道生一丝不挂地在书案上模拟波斯国的舞伎，动作淫秽恶浊，但太子贤在一旁狂笑欢呼不止，刘纳言未及开口谏阻，太子贤就喝退他了，太子贤说，我迟早会死于非命，趁我还活着，趁现在及时行乐吧，谁也别来拦我。

太子贤的锐气和鸿鹄之志已经在焦虑不安中渐渐散失，东宫学者们意识到这一点便顿感失望，他们与北门学士争斗的这颗砝码也就变得愈来愈轻了。

事实上在明崇俨命案败露前，东宫学者已经从太子贤身旁渐渐隐去，他们不无伤感地看到太子贤眼睛里的激情之光已经嬗变为色欲之火，更加令人匪夷所思的是太子贤与赵道生疯狂的龙阳之恋，东宫学者们迁怒于那个出身卑贱以男色侍人的少年，因此当他们向高宗武后例行呈报东宫现状时愤然抛出了赵道生的名字，他们把赵道生描绘成一个狎昵的粗俗的无赖相公，他们一口咬定是赵道生把太子贤导向了荒淫无度有失体统的生活。

御史台的官吏奉诏前来东宫带走了太子贤的户奴赵道生，太子贤不以为意，他与赵道生执手相送，他们不让你在宫中陪我，他们大概是要你回乡下种菜去，太子贤在赵道生耳边喃喃低语，别害怕，他们若是逐你出宫，不出五天我会把你接回我的身边。

或许是太子贤当时已经忘记了明崇俨命案风险犹在，也许是太子贤对赵道生的信赖和爱怜注定是一出作茧自缚的悲剧，太子贤后来每每想起他送赵道生出宫时那份眷恋之情，那种无所防备的麻木和懈怠，已经是追悔莫及了，他知道那是他一生铸成的大错。

据说御史们把赵道生送入刑房前轮番奚落了他在东宫的断袖之宠，而赵道生对此毫不讳言反而洋洋自得，扬言他有家传床笫之术一十二种取悦于太子，言辞之间充满挑衅和炫耀意味。御史们对这个来自太子封户的农家少年恼怒厌恶之至，他们说，从未见过如此无耻放荡的贱奴，竟然在朝御大堂肆无忌惮口出秽言，如此看来武后的授意确实是明察是非除祛祸害的圣旨了。

刑吏把赵道生架到第一道刑具仙人桥上，赵道生即使武艺高超，也奈何不了六条壮汉的全力捆缚，嘴里喊着，你们敢动我一根毫毛，太子殿下不会饶过你们，刑吏们则因为奉旨办事而成竹在胸，打的就是你这个下贱的奴才。进了刑房太子贤也救不了你啦。有人说，干脆先给他来一道茄剢子，看看这厮的后庭到底有没有特别的功夫，于是刑吏们兴味盎然地拿过尖刀刺进了赵道生的臀后，赵道生狂叫一声就昏死过去了，刑吏们笑起来说，看来这厮也跟常人一般，这点疼痛就吃不住，太子殿下何苦把他当个仙人似的供在东宫呢？

及至第三道刑罚披蓑衣开始前，赵道生汗血蒙面地跪在滚烫的装满热油青铅的铁桶前，他开始呻吟和哀求，别再对我用刑了，我把我做的坏事全都招了，赵道生气息奄奄地说，明崇俨是我刺杀的，是我找来的绿林刺客刺杀的。

谁指使你刺杀明崇俨的？

太子殿下。

赵道生不假思索地供出了太子贤，而且为了免受第四道更其惨烈的挂绣球之刑，赵道生还向御史们泄露了东宫马厩的秘密。

马厩里藏了数千盔甲刀枪，是我奉太子之意偷运进宫的。赵道生说。

东宫大搜捕令太子贤和东宫学者们猝不及防，太子贤记得那天夜里他在庭院里听乐工们弹奏新曲，隔着宫墙人们听见墙外突如其来的马蹄声，火把的光焰把夜幕也映红了。当宫吏在门外高声宣旨的声音传入庭院，乐工们放下了手里的乐器惊惶地望着太子贤，太子贤说，别停下来，曲子还没有奏完呢。

冲进东宫的是手执火把和武器的禁军，他们首先径直奔向西侧的马厩，太子贤的脸在火把之光的映照下苍白似雪，他的脑子里一片空白，在片刻的沉默之后，太子贤发出一声短促的悲怆的笑声，他对太子洗马刘纳言说，母后果然下手了，事已至此还有别的办法吗？刘纳言在一旁只是潸然泪下。太子贤又说，赵道生居然出卖了我，我要找到他一定要扒下他的人皮。连赵道生都会出卖我，世上还有什么忠义恩情可言？

太子洗马刘纳言摘下头上的五品锦冠，抓在手上转弄了一圈、二圈。为时已晚矣，刘纳言观望着马厩的动静，沉溺在他自己的悲哀中，我的这顶五品之冠还能戴几天呢？刘纳言像是自问，也像是诘问太子贤。他看见禁军们已经从马厩的草垛和地窖里拖出了第一杆枪矛，禁军们从马厩里拖出了许多涂过了油脂的盔甲刀枪。刘纳言错愕万分，甚至连刘纳言也不知道太子贤私藏兵器的秘密。

一连九天阴雨连绵，洛阳宫苑里愁云暗结，被封锁的东宫一片死寂，受惊的宫人们看见太子贤在庭院里独自踱步，雨丝打在他的憔悴的困兽似的脸上，那是调露二年的凄凄苦雨，雨丝打在那个生死未卜的锦绣青年的身上，他的沉思他的叹息都散发着悲凉的诗意。

太子妃房氏领着幼子在石阶上守望着雨中的人，房氏的心里也下着凄凄苦雨，作为太子贤的最后一个忠诚的追随者，房氏教幼子吟诵了父亲的《种瓜谣》。

种瓜黄台下

瓜熟子离离

一摘使瓜好

再摘使瓜稀

三摘犹自可

摘绝抱蔓归

太子贤朝殿阶上的母子回首一笑，回首一笑间热泪滂沱而下，太子贤庆幸雨水掩盖了泪水，使他在东宫多年的骄傲免于损坏。

第十天长雨骤歇，高宗的诏书就在这个晴艳的日子里传至东宫。诏书的内容尽在宫人们的意料之中，废太子贤，贬为庶人。从天帝天后的宫中传出的另外一条消息是高宗下诏的犹豫和武后大义灭亲的慷慨陈词，据说高宗对他最爱的儿子的罪责避重就轻，而武后怀着肃穆的心情向高宗回忆了当年先帝含泪废黜太子承乾的往事。太子承乾的谋反几乎酿成大祸，太子贤无疑是步其后尘而去，武后言之凿凿的警劝使高宗的舐犊之心再次化为一声叹息，高宗最后说，就按皇后的意思办吧，让贤把太子之位让给哲吧。

那天被秋雨洗白的太阳高悬在洛阳上空。洛阳的百姓纷纷聚集到茂名桥上，观望洛水南岸的一堆浓烟烈火，是太子贤私藏于马厩的大批武器被烧毁了，人们悄声谈论着这次宫廷事件的背景或真相，终于还是隔靴搔痒未及痛处，他们只听说太子贤是被他的一个男宠出卖的，他们还听说太子贤的生母是天后的姐姐已故的韩国夫人，其实洛阳宫的宫墙把帝王之家隐匿在很远的地方，洛阳的百姓们当时还未曾听说太子贤的惊世之作《种瓜谣》，更不知道在城外通往长安的官道上，右监门中郎将令狐智通押解的车辇上坐着太子贤一家，太子贤已经在贬逐的路上了。

　　从前的东宫学者终于心如死灰，太子洗马刘纳言被逐至振州，官居三品的太子左庶子张大安被贬为普州刺史，唯有中书侍郎兼太子左庶子薛元超的反戈一击使他留住了乌纱冠帽，太子贤在他以后的匆匆一生里经常提及薛元超的名字，他记得东宫大搜捕就是在薛元超的指点下进行的，他记得薛元超从容坦然的表情，薛元超居然面无愧色，这使太子贤深感人心之深不可测，太子贤每每回忆起薛元超走向马厩的情景依然是心如刀绞。

　　至于户奴赵道生，太子贤后来羞于再提他的名字，当放逐之辇途经洛阳西市时，太子贤透过帐纱看见赵道生的尸首挂在木杆上示众，看来我无缘亲手扒他的人皮了，太子贤神情凄恻地自言自语，他说，这个贱奴死了仍然面若桃花。紧接着太子贤就掩着嘴干呕起来，在剧烈的干呕声中太子贤永远诀别了洛阳城。

就像熟通宫廷掌故的宦官们所猜想的那样，太子贤事件牵连了与东宫来往密切的几个皇室宗亲，到了十月，苏州刺史曹王李明和沂州刺史蒋王李炜果然被指为东宫谋反的同党，李明被贬为零陵郡王，幽禁于著名的流放之地黔州，而李炜则干脆被解除官职逐往道州。宫吏们对曹王和蒋王的遭际不以为怪，曹王和蒋王做了太子贤的陪绑者自然是不幸，但哪次宫廷事件不要牺牲几个皇亲国戚呢？皇城里的现实是三尺坚冰，冰下的水流暗自汹涌，冰上的过客只是留心着自己的脚步，没有谁去深究曹王和蒋王与太子贤结党谋反的动机和罪证，正如没有谁去为曹王和蒋王的不白之冤平反昭雪一样，宫吏们说，我们只是奉旨办事。

三

开耀元年的初冬之际，巴州的瘦山枯水迎来了被废黜的前东宫太子李贤。废太子贤从长安的大明宫来，从远乡异壤的百姓们闻所未闻的宫廷噩梦中来，因此当李贤瘦削而超拔的身影出现在巴州街头时，巴州百姓们无不伫足围观。即使贬为庶人，李贤一举一动透出的依然是儒雅和风流的帝王之气，他的三个幼子像三棵树苗偎依在父亲膝前身后，憨态可掬天真烂漫，他们似乎对这次放逐的悲凉意味无所体会，他们不知道父亲眼里的巴州天空是什么颜色。对于李贤来说，那不是太阳与星月的天空，那是一块巨大的灾难的黑网，它曾经罩住了他的同胞兄弟太子弘，现在他也成为网中一偶了，他已经无处逃遁。

到达巴州的第一夜，贤的流徙之家在风声猿啸中彻夜难眠，贤与房氏秉烛长谈，设想了从今往后生活的诸种艰辛磨难，也设想了光顺、光仁、守义三个幼子代父受过的连坐之苦，贤已经无意顾盼自身，他最后对房氏说，我身临巴州，心如枯木残草，死不足惜矣。

房氏后来才领悟到，那夜烛下的谈话已经是贤的遗言了。此后三月贤在寒庐里面壁而思卧床读书，拒绝与任何人交谈，贤创造了一个装聋作哑的奇迹，唯有他的眼睛一如既往地散发着孤傲的悲哀的光芒，房氏懂得那点孤傲是贤与生俱来的血气，那种悲哀却是一个雄心勃勃的征战者丢盔弃枪后的悲哀，因而也更加令人心碎。

贤至为钟爱的守义曾经受母亲之意缠求父亲开口吟读他的《种瓜谣》，贤当时只是扼腕叹息，守义抱住父亲号啕大哭起来，贤于是一手为幼子擦拭泪水，一手指着户外说，肃杀寒冬不宜吟读《种瓜谣》，等到明年春暖花开之时再说吧。

这年的春暖花开之季不属于幽居巴州的李贤一家，远在东都洛阳的武后这一年三易年号，嗣圣元年改为文明元年，文明元年又改号为光宅元年。这一年高宗已逝，贤的两个兄弟走马灯似的在紫宸殿的丹墀上稍纵即逝，武后柔软的铁腕把天子金冕在剩余的亲子头上试戴数月，改变了中宗李哲和睿宗李旦的命运，而被废为庶人的李贤的悲剧一生却不可改变地走向了尽头。

武后的使臣丘神勣于春暖花开之际突然来到巴州，飘悬于贤头上的那张黑网倏然收紧，收网的人来了，贤对幼子守义作出的许诺也就成了泡影。

贤把自己关在斗室之中，而丘神勣也无意与庶人李贤同处一室而沾染了晦气，因此丘神勣传授的天后旨息是隔着板墙一句句渗入贤的耳中的。

李贤，天后想知道你现在是否承认与李明李炜结党谋反之罪？

庶人李贤沉默。

李贤，为何以沉默抗拒天后的察问？你既然不作申辩，我将以你默认有罪奏报天后。

庶人李贤沉默，他缄口不语已逾三月之久。

李贤，既然默认有罪，是否有洗心革面悔过自新之愿呢？依我看你对天后至今仍然轻慢无礼，你的谋反作乱之意就写在你的脸上、身上甚至背影上，你天天这样坐着苦思冥想，是在诅咒神明的天后吗？

庶人李贤沉默，这时候他开始在斗室内来回走动，从板墙的孔隙里可以看见他的苍白的脸在幽暗里闪出一点微光。

李贤，天后将你于死罪中恩释，你却恩将仇报，处处与天后为敌，旧罪未泯又添新罪，既然如此天后也无法眷念母子之情了，李贤，你假如聪明，自择死路而行吧。

沉默的李贤此时猛然回首，他的暗哑乏力的声音听来仿佛平地惊雷，使板墙那侧的丘神勣怦然心跳，现在就死吗？

李贤说，那好吧，现在就死吧。

碧落黄泉，一了百了吧。

好吧，现在就死。李贤说，我会让你如愿回宫交差的。

丘神勣听见了李贤抽解腰带的窸窣之声，听见了白绢跨过屋梁的沙沙的摩擦声，丘神勣伏在板墙的孔隙前，耐心地观望着李贤自缢前的每一个步骤，白绢容易滑脱，绢上可以打一个死结，丘神勣对着孔隙说，最后他听见了自缢者踢翻垫脚凳的响声，丘神勣就掸了掸紫袍上的些许灰尘，朝旁边的随从击掌吩咐道，现在好了，准备车马动身回京。

被废的太子李贤自缢身死的消息于文明元年三月传回洛阳宫中，武后为次子贤的死讯哀哭不止，在贞观殿上武后含泪斥责丘神勣错领圣旨酿成恶果，在场的朝臣们在一边却噤若寒蝉，无人敢轻言丘神勣巴州之行的利弊得失。

几天后在宫城南侧的显福门进行了李贤的举哀仪式，文武百官排列于显福门左右两侧，以三声低泣和三声大哭抚慰死者的在天之灵，朝臣们遥想当年太子贤英武的仪态和不羁的微笑，已经是模糊不清了，仪式只是仪式而已，死者不在洛阳宫城，死者被草草葬埋于巴州荒凉的黄土之下，与追悼者本来就各处一界了。

武后的怜子之情在李贤死后昭示于世人，庶人贤被追封为雍王，其妻室儿女接回洛阳宫中，而丘神勣以错领圣旨之过左迁为叠州刺史，这是世人皆知的太子贤故事的结局。

也许是一个流水落花无可非议的结局。

天后武照

一

　　泰山封禅大典是高宗帝王生涯里最辉煌最美好的记忆，作为当年登临神岳的同行者，武后深知泰山封禅在高宗心中的位置，那是向普天生灵宣彰帝王功德的颂歌，在高山之顶俯瞰苍茫国土聆听百鸟啼啭是君临天下最为淋漓的体验，也是武后在洛阳宫之夜最具诗情的梦境之一，因此当永淳二年高宗欲往嵩山再度封禅时，武后露出会意的一笑。该封禅了，武后扳指计算着泰山封禅以来的匆匆流年，武后若有所思地说，十五年来国运昌盛百姓安泰，这是东岳神山的保佑和庇护，陛下如今再往嵩山封禅，上苍或许会再赐大唐十五年的太平盛世。

但是十五年后的高宗已经是恶疾缠身弱不禁风了。

十月秋高气爽的天气，天子圣驾仿照多年前封禅泰山时的仪式和行列，浩浩荡荡地离开洛阳宫，同行的武后注意到龙辇上的天子的仪容像风中落叶了无生气，她忧心忡忡地对太子哲说，嵩山路途并不遥远，只怕你父皇的病体不能勉强成行，路上随时准备歇驾停宿吧。

到了奉天宫，高宗的病症果然恶化，头痛欲裂几近失明。武后又召来太子哲说，封禅的人马看来要原路返回了，准备下诏将封禅大典推延至明年正月吧。武后面向奉天宫外的大片收割后的荍麦田叹息数声，她说，多好的天气，多好的封禅季节，可是我们得准备回宫了。

太子哲惊异于母后预测天子生命的先知先觉的能力，母后的所有忧虑后来都一一被事实所印证，他注意到母后手中常年捻转的那只紫檀木球，太子哲常常妄自猜想那是母后用以预知人事的神器。

高宗皇帝果然就是在封禅途中一病不起的。御医秦鸣鹤大胆而独特的针灸泻血术曾经使高宗的双目恢复视觉，当时武后一手准备着刑杖一手准备着赏物。秦鸣鹤怀着忐忑的心情接受了武后赏赐的百匹彩帛，但他从皇后冷静的目光中感受到一种质疑，皇后不相信一根银针可以拯救高宗日益枯萎的生命，皇后其实不相信御医，只相信自己的判断。

无论如何，你们要让天子龙体安然返宫。御医们记得皇后的命令强硬却又透出非凡的理性，皇后说，我不求起死回生的灵丹仙药，但要你们保证让天子陛下活着回宫。

秦鸣鹤等四名御医后来免于责罚，是因为高宗没有像人们所忧虑的那样驾崩于驿路上。高宗回到了洛阳宫，但秦鸣鹤的神针对高宗的病入膏肓之躯已经无济于事了。

十二月二十二日，北风呼啸之中人心浮动，百姓们踏着冰雪在洛阳宫前的街市上聚集或奔走，为了祈祷天子染疾之体早日康复，紊乱的令人眩晕的大唐年号再次更改，永淳二年改为弘道元年，更加令人躁动的是一个史无前例的消息，高宗天子将亲临洛阳宫正门则天门，向洛阳百姓宣读特赦天下的诏书。

洛阳百姓们看见衰弱的面目浮肿的天子出现在则天门的门楼上，天子宣诏的声音细若游丝，淹没在臣民们虔诚的欢呼声潮里，百姓们无法清晰地看见天子脸颊驻留的回光返照之色，他们庆幸亲睹天子龙仪的这个瞬间，没有人预见到这个欢腾的节日般的冬日恰恰就是大唐第三代皇帝的驾崩之日。

五天之后洛阳宫向天下发布皇帝大丧时，人们想起高宗驾崩当日在则天门亲宣特赦诏书的情节，无不为此唏嘘感叹，深居宫中的高宗是在最后一刻让洛阳百姓瞻仰了他的帝王之仪。

高宗驾崩的时候天后紧紧握着他的手，天后泪流满面，目光迷离而苍凉，等到死者的手渐渐冰凉，天后放开了它们，以一袭白纱覆盖了她的发髻和整个脸部。天后在白纱丧饰后面睃视太子哲、殷王旦和御医宫人们，她说，天子陛下终于还是先我而去了，为什么不让我替天子陛下薨了呢？

太子哲和殷王搀扶着哀伤的母亲，他们的哭泣听来是单纯而又空洞的，与天后之哀的内容不尽相同。

天子之薨亦如风吹残烛，风猛了，烛尽了，我们谁也留不住他。武后最后以喑哑的嗓音吩咐太子哲，节哀自珍吧，你该准备登基即位了。

武后枯坐于高宗灵柩前守灵三个昼夜，其间未曾合眼休息，围观者无不为之动容，武后溺爱的太平公主跪地哀求母亲下榻时，武后说，我现在不能入睡，我在细想许多家国之事，你是不懂的，你的兄弟们也是不懂的，所以你们可以高枕无忧，我却必须在天子灵柩旁细细地想，该想的事太多了，我怎么能闭眼卧眠呢？后来身受天子临终之托的侍中裴炎前来觐劝天后时，天后突然大放悲声，她说，天子既去，社稷已在飘摇之中，大唐前程就仗恃裴侍中你们这些亲臣了。侍中裴炎则以谦卑熨帖之语安抚着天后焦虑不安的情绪，微臣之力不值一提，侍中裴炎说，天子遗旨令微臣忠心辅佐太子，但朝政之舵还需圣明的天后把握左右，这是天子遗旨，这也是大唐永葆太平盛世的保障，微臣对此坚信不移。

天后在裴炎告退之后倚榻小憩了片刻，天后觉得极度疲惫，在灵堂充满青烟和安息浓香的空气中，天后闻见了遥远年代里的那个十四岁女孩身上的所有美妙而伤感的气味，紫檀幽香和胭脂蔻丹，孤衾清泪和鸾凤缠绵，宫中四十年何其漫长，一切恍若春秋一梦，梦醒已是华发初染心事苍茫。疲惫的天后在高宗的灵堂一侧倚榻小憩，似睡非睡间有泪水打湿她苍白的双颊。是年逾五旬的天后武照的泪，不是四十年前掖庭宫里那个武才人的泪了。

新帝李哲于高宗驾崩后七天登基即位，是为中宗，弘道元年仅被御史们在卷籍中记录了十余天，已经改元为嗣圣元年了。

已故的太子弘、被逐的太子贤倘若身在帝宫，他们对愚蠢而轻浅的兄弟周王哲仍将不屑一顾，但是高宗的皇冕现在终于戴在哲的空洞无物的头脑上，这是帝王之家的游戏规则。而这个规则在短短两个月后改弦更张，成为百姓们闻所未闻的太后废皇帝的千古绝唱，皇城风云令草民百姓眼花缭乱不得其味，唯有峨冠博带的朝吏们知道中宗李哲的悲剧一半在于他的轻狂无知，更重要的在于洛阳宫里做了皇太后的武照已经高踞于皇冠金銮之上，而中书令裴炎、左仆射刘仁轨、侍中刘景光这些宰相实际上是以太后武照为天的。

还有一些敏感的朝臣则预言了横亘在中宗李哲头上多年的灾难的源泉，他们认为中宗的皇后韦氏是一颗可怕的灾星。

中宗之祸始于韦皇后的虚荣和野心。韦皇后的父亲韦玄贞从一名蜀地小吏一跃成为豫州刺史，皇后始终觉得韦门封荫微不足道令她愧对门族。初登帝位的中宗对皇后体恤有加。中宗问，你想让你父亲来朝廷任何官职呢？皇后说，当然该是宰相之职，任侍中如何？中宗说，侍中就侍中吧，让我跟裴炎他们说一声就行了。

这是朝中性喜幽默的官吏们后来编派的中宗的笑话，

或许夸张了一些，但朝吏们对傀儡天子中宗的轻藐由此可见一斑。

皇帝与皇后提升韦玄贞为侍中的旨意在中书令裴炎那里首先碰了钉子，裴炎力陈此事的种种弊害，使中宗非常恼怒，谁都知道裴炎其实是受了太后的支持而有恃无恐，中宗注视左右侍臣的目光便有些愤然了。

朕是皇帝天子吗？中宗讪然一笑，逼视着裴炎问道。

陛下是皇帝天子。裴炎跪地而答。

既然如此，你等众臣为何拂逆天子之意呢？只要朕乐意而为，就是天下社稷也可以送与韦玄贞，现在不过封他为区区侍中，你们又何必大惊小怪呢？

中宗这番轻佻之语令满殿臣吏大惊失色，面面相觑之间互相都发现一个啼笑皆非的现实，他们现在侍奉的皇帝是一个十足的昏君。

中书令裴炎默然退下朝殿，心中无限感慨，李氏宗室历尽风华传至中宗李哲手里，已经是处处捉襟见肘了。裴炎当天赶赴太后宫中晋见帘后听政的皇太后，想不到深宫里的太后对朝殿上的新闻已经悉数尽知。

他说要把大唐天下送给韦玄贞，裴卿你看应该如何处置此事？

全凭皇太后的威仪和特权力挽狂澜了，皇太后可以着手起拟敕令，废除皇帝，此举虽不见于宫仪记载，却是消弭隐患的唯一良策了。

裴卿所言正是我心中所念。皇太后武照用赞赏的目光先注视着裴炎，她手里的紫檀木球现在被纤纤五指握紧在手心之中，虽然说后宫不理朝政，但是李氏皇裔沦落到这种地步，我也只好出面扶正祛邪了，皇太后武照面露悲戚之色，她说，裴卿你能告诉我吗，为什么我的这些孩子不是暴折就是乱臣，不是乱臣就是昏君，现在只有相王旦可以承袭帝位了，假如旦称帝后再有个闪失，我们该如何是好呢？

皇太后的振聋发聩之问使中书令裴炎难以作答，裴炎的心中自然是明镜似的清晰可鉴，他懂得皇太后的潜台词，但裴炎认为车到山前必有路，捅破那层窗户纸只是个时间问题了。

太后将二月六日的早朝易地在洛阳宫的正殿乾元殿进行，中宗开始时觉得易地朝觐有点蹊跷，那天早晨中宗前往乾元殿之前曾对韦皇后嘀咕，不知太后葫芦里卖什么药？好好的怎么到乾元殿去早朝呢？韦皇后却嗔怪道，长安洛阳八十一殿都是陛下的，去哪个殿早朝还不一样？陛下不必去看太后眼色。

二月六日的早晨阳光洒遍洛阳宫的亭台楼阁，初春之风已经把池边垂柳吹出几枝绿芽，檐下的冰凌正在静静地融成滴水，草地上闲置了一冬的秋千架上也开始有宫女迎风嬉戏了，这样的天气使年轻的中宗心旷神怡，在通往乾元殿的路上中宗随手折下几枝梅花，插在龙辇之上，中宗不知道乾元殿的早朝是专门为他安排的鸿门宴。

中宗后来看见了太后的车辇人马，看见左右羽林军的兵士在程务挺和张虔勖的指挥下迅疾地排列于乾元殿周围，太后在上官婉儿的搀扶下就座于珠帘之后，他看不清太后的脸，只听见那阵熟悉的捻转紫檀木球的沙沙之声，中宗发现乾元殿上气氛异样，中宗高声向丹墀之下发问，今天是怎么啦，一个早朝何须左右羽林军前来护驾？文武百官们鸦雀无声，他们凭直觉猜到乾元殿上将发生非同寻常的宫变。

中书令裴炎带着中书侍郎刘祎之向中宗行了最后一个大礼，刘祎之宣读皇太后敕令的声音清脆而果决：从本日起废天子李哲为庐陵王。刘祎之话音未落，中书令裴炎大步冲到金銮前将中宗从龙榻上一把拉了下来，这个突兀的举动令满殿朝吏发出一片惊呼之声，但守侍天子的羽林禁军漠然不动，朝吏们便清醒地意识到宫变已经作了周密的准备，他们对这幕亘古未见的场景瞠目结舌，中书令裴炎竟如此大胆如此轻捷地把中宗拉下了皇帝的宝座。

人们看见中宗站在龙榻下，朝身后木然顾盼，他的脸上一半是愤怒另一半依然是愚钝和迷茫，朕有何罪？中宗诘问珠帘后面的母亲时身体开始摇晃起来，朕是皇帝天子，中宗说，这真滑稽，天子何罪之有？天子之位居然让后宫妇人给废了。

你说要把大唐江山社稷送与韦玄贞，如此昏庸无知之君怎可端坐皇位之上？帘后的皇太后武照的声音平静却充满理性的光辉，皇太后的声音就这样柔软而威严地穿过乾元殿偌大的空间，传至每个在场的朝吏耳中，我受先帝遗旨辅助朝政，出此下策完全是为了杜绝江山易主的危险，相信你们会赞成我的敕令。

什么江山易主？那不过是我的玩笑而已。中宗突然大叫起来，他朝天子龙榻最后注视了一眼，身子却犹如散草瘫倒在两个御林军士怀里。御林军的那两位兵士神情肃穆地将中宗架出了乾元殿。在场的文武大臣们鸦雀无声，听见珠帘纱帐后的皇太后说，天子口中无戏言，你们知道什么是玩笑吗？你们知道什么是天子的玩笑吗？

中宗在位仅有四十四天，当他后来与韦氏在禁宫别苑相拥而泣，想起短暂的帝王生涯似乎是南柯之梦。中宗后来常常为那句轻狂之言后悔不迭，他认为那是所有灾祸的起源，而聪慧的韦氏则冷笑着告诉他，千万别那么想，那不过是你母亲的一个借口。大唐天下不会姓韦，却迟早会姓武的。

中宗被废的第二天相王旦顺理成章地接过了胞兄的皇冠，世人称之为睿宗。那是已故高宗与皇太后武照最小的儿子，那也是世人皆知的温厚而淡泊的影子皇帝。武后辉煌传奇的一生自此进入了华彩阶段，后代修订史籍的学者们发现公元六百八十四年三度改元，嗣圣、文明、光宅，三种年号令人应接不暇，它们充分显示出帘后的那个妇人运筹帷幄举棋左右的心境。

睿宗即位的那天夜里长安城里爆出了一条令人心悸的新闻，十几名飞骑兵在一家妓馆里饮酒作乐，酒意醺浓时有人触景生情地发起了牢骚，因此惹来一场杀身之祸。

发牢骚的人说，大唐皇帝走马灯似的说换就换，荣华富贵总是归于李姓家族，我们一年四季辛辛苦苦为皇室守成，有谁得到了好处？如果早知道我们禁军飞骑的奖赏就这几文酒钱，不如拥护庐陵王复位，也许会多赏几个钱呢。

　　借酒壮胆的飞骑兵们应声附和着，没有人注意到那个姓赵的飞骑兵如厕之后久久不归，没有人料到那个同伴已经策马奔往玄武门，向宫吏们检举了妓馆里的秘密。

　　羽林军的百名将士如临大敌地包围了那家妓馆，其时夜色灯火下的长安闹市笙箫弦乐正在高处，车马络绎不绝，许多人在楼窗前大树上亲眼目击了羽林军逮捕十三名飞骑兵的热闹场面。

　　羽林军怎么把飞骑兵捕了？不知情的人一边观望一边啧啧称奇。

　　知情者就说，那些飞骑酒后谋反，让人告发啦。

　　看热闹的人一直跟着羽林军的马队，他们看见三名飞骑已经被当场斩杀，有羽林军提着那三颗血肉模糊的人头威武地策马过市，那是三个发牢骚的飞骑，眨眼之间已成刀下冤鬼，百姓们想看看剩下的几个被绳索捆成一串的飞骑，他们会遭到何等罪罚，走到北市的刑场上羽林军的马队就停下来了，这时候围观的百姓们已经知道了结果，剩余的几个飞骑兵，一个个被推到了绞杆前，羽林军的紫衣将吏果然宣布那几个飞骑兵知情不报，一律处以绞刑。

围观者中有当场晕厥的，人们对睿宗登基之日的这场杀戮惶恐不已，深感朝廷杀鸡儆猴之意。此后数天传来赵姓飞骑兵因告密有功受封为五品武官的消息，人们谈起那天妓馆一饮十三人蒙难一人升官晋爵的奇异现实，总是神情暧昧各怀心思的，有人说后来在朝殿民间盛行的告密之风由此发端。

二

牝鸡司晨，惟家之索。《诗经》中的词句被历代有识之士奉为金科玉律，但是它对于武后司大唐之晨的现实却失去了意义。事实上已故荆州都督武士彟的女儿武照主宰唐宫二十五年，江山依然无恙，而百姓们总是在饥荒、洪水和战乱中生存下来，聚集在中原和江南的富庶地区男耕女织、贩运货物、吟诗作画或者打家劫舍。文明元年七月一颗不祥的彗星高挂于西北天空，持继二十三天闪烁刺眼的凶光，寺庙道观里祈天法事烟火鼎旺，各地的百姓们手指彗星的尾光人心惶惶，但是许多悲观的忧患被证明是无知百姓的杞人忧天，洛阳宫里的武后弄权于乾坤之上，清醒而果断，华丽而典雅，这一年武后似有天赐的箭镞射落了那颗凶兆之星，充分显示了她的非凡的补天之力。

这一年夏季突厥军队大肆入侵北方边境，当左武卫大将军程务挺的精兵悍将在北方战场浴血奋战时，高宗的灵柩也从洛阳的殡宫移往长安，数千名兵士们顶着炎炎烈日护卫着那具沉重的灵柩，步行在洛阳通往长安的黄土路上。这一年夏季影子皇帝睿宗仍然在早晨驱车前往母后膝下请安，而五十七岁的太后武照在洛阳宫手持紫檀木球，眼观八路耳听四方，她知道程务挺的军队会击败突厥的侵犯，高宗的灵柩也会安然入葬于乾陵的玄宫，武后在宫女们扇出的纨扇香风下闭目养神，她的脑海里出现一片美丽奇妙的金黄色，那是她想象中的皇旗旌幡的颜色，那也是她想象中世界改变后的颜色。

洛阳宫里的太后武照总是不满于现有的事物，甚至包括它们的颜色、名字、称谓，她想改变的事物总是难以统计分类的，武后身边书香袭人的近侍上官婉儿也因此得以舒展诗才文思，享誉朝廷内外，这当然是旁枝末节的故事了。

九月六日武后下令将文明年号改为光宅，所有皇旗全部改成金黄色，东都洛阳改称神都，洛阳宫改称太初宫，更加使人如坠云雾的是朝廷衙门及官职的名称，一齐被武后更换一新，更换后的名称竟然都是优美的充满诗情画意的，人们都觉得新鲜雅致，更有好事的文人去皇城前抄写了那张诏告：

中书省　凤阁

门下省　鸾台

尚书省　文昌台

吏　部　天官

户　部　地官

礼　部　春官

兵　部　夏官

刑　部　秋官

工　部　冬官

中书令　内史

侍　中　纳言

左仆射　文昌左相

右仆射　文昌右相

　　太后武照一再向中书令裴炎解释她作出诸项改弦易辙决定的原因，我不喜欢那种赭红色，我也讨厌户部刑部这些死板乏味的名称，武后说，把它们改成我喜欢的颜色，我喜欢的名称，你不会认为我是在炫耀文采吧？

　　不，太后饱读诗书文采斐然，又何须借皇旗之色炫耀呢？

　　你不会认为我是忽发异想吧？

　　即使是太后的忽发异想，也无妨朝政社稷的大局，这只是区区小事。

　　那么你是不是认为我是醉翁之意不在酒，想借改皇旗之色以图他志呢？

　　不，裴炎斟词酌句道，微臣不敢作此猜断，太后辅助朝政功德无量，宫内宫外一片盛誉，如果有人对太后之志妄有非议，或许只是意指太后包揽政事不利于今上日后的树碑立传吧。

　　今上？武后莞尔一笑，她说，旭轮只是个温厚软弱的孩子而已，我若放弃辅政之权，恰恰遂了乱臣贼子的心愿。

　　裴炎看见武后的狭长而明亮的眼睛闪烁着一片奇怪的金

黄色，那是这个妇人一生酷爱的颜色，那也是刺眼的令人眩晕的颜色，裴炎当时的感觉更为奇怪，他似乎看见武后的一双眼睛里生长出两面美丽的皇旗，那是她的旗帜，也是大唐皇宫中触目皆是的旗帜，这个妇人已经改变的人事不计其数，譬如他自己，她使他从侍中之职一跃而为权倾朝野的中书令，如今她将他的官职易名为内史，我现在是内史裴炎了，裴炎出宫的时候对侍卫们说，你们知道什么是内史吗？内史就是内宫使者太后之臣，可是天知道内史会不会再成外史，外史又会不会一变而为阶下苦囚呢？

　　裴炎对于他一帆风顺的仕途时有忧患，对于武后的效忠和源于义理的良知也像一对冤家精灵在他心中撕打喧闹，裴炎常常夜不成寐，人就瘦如风中老树。有一天裴炎在家中醉酒一哭，他用鞋掌扇打自己的耳光说，裴炎，你是一条狗，做谁的狗不行，为什么非要做一个老妇人的狗？裴炎的夫人朱氏急步趋前捂住他的嘴，裴炎说，不要来捂我的嘴，我就是烂醉如泥不敢说的话还是不敢说。仕途沉浮全凭三寸之舌，杀身之祸却也是祸从口出，难道我裴炎不懂个中奥妙吗？裴炎突然悲从中来，可是说与不说还不是一个结局吗？裴炎呜咽着说，我知道我这个内史快要遭祸了，我知道那个妇人就要把我弃置路野另觅敲锣开道的人了。

这年七月内史裴炎看着武后的侄子武承嗣从礼部尚书升为太常卿，挤入宰相的行列，从前为裴炎所不屑的纨绔子弟如今与他平起平坐，在朝殿之上共议国政。裴炎有如骨鲠在喉。两个月后武承嗣上奏请求建立武氏七庙以追尊武氏祖宗，裴炎忍不住当场发出冷笑之声，但是金銮殿上的武后对侄儿的奏请却掩不住赞赏之色，裴炎听见武后慨然应允的声音，血便往头顶冲去，脚步就不顾一切地趋近了武后。

裴炎说，太后身为大唐国母，理应唯天下之任为己任，如今国库空缺，动用人财物力修建武氏宗庙似有种种不妥之弊，请太后借鉴汉朝吕后前车之辙三思而行。

裴卿让我借吕后之鉴是什么意思？武后目光炯炯地逼视着裴炎说，难道我会像吕后那样滥施专权于家门血亲不顾江山安危吗？承嗣之奏只是建庙以祭祖尊宗。对于我也是行孝悌之道，都在礼仪之中，不知裴卿之言用意何在？

微臣别无他意，裴炎说，只是觉得七座宗庙一旦动工费钱费力，国库空缺之际朝廷大兴土木，朝吏百姓们恐怕会心有怨言。

不是朝吏百姓心有怨言，是裴卿心有怨言吧？武后朗声一笑道，裴卿为国计民生着想，我并不怪罪，但是武氏七庙是要修建的，修庙所需的银子不会动用国库，我追尊武门祖宗自然要绵尽毕生积蓄，众卿不必为此疑惑。

内史裴炎终于哑口无言，他注意到武承嗣嘴角上那抹讥讽或得意的微笑，它提醒裴炎这番较量以他的失败而告终了，就像他曾经翻手为云覆手为雨的辉煌仕途，如今日渐黯淡，大唐天下仍然为武后的紫檀木球随意捻转，而臣子们手中的权柄却像来去匆匆的燕鸥，随多变的季节南移北迁。裴炎那天离开朝殿时步履沉重，他看见武承嗣几乎以挑衅的姿态一边走一边朝他侧目而视，裴炎枯瘦的脸先是涨得通红，继而又气得煞白，一人得道鸡犬升天？小人得志便猖狂？话到嘴边又咽了回去，裴炎愤怒而又失望，他想修武氏宗庙毕竟是小事，武后五代祖先尽数追尊为王公王妃也无妨大局，问题的症结在于洛阳宫内外的那些活着的武姓家族，他们到底要干什么？他们快要动手了吗？

七月彗星的凶光或许预示了九月的李敬业之乱。那个旧唐名吏徐世勣的孙子继承了祖父英国公的爵位，却在郁郁不得志的窘境中纠集了一群下级官吏举起了造反大旗。

叛军之火在南方的扬州府燃起，很快就如日中天。李敬业施计打开了扬州府的军械库取出盔甲和武器，也打开了监狱的牢门将囚犯们召至麾下，十天之内募集了九万大军。反对太后垄断朝政或者还政于庐陵王李哲是这次反乱的口号，但是从扬州到长安，人们更加急于一睹的是诗人骆宾王写的《为李敬业讨武照檄》：

伪临朝武氏者，性非和顺，地实寒微。昔充太宗下陈，尝以更衣入侍。洎乎晚节，秽乱春宫。密隐先帝之私，阴图后庭之嬖。入门见嫉，蛾眉不肯让人；掩袖工谗，狐媚偏能惑主。践元后于翚翟，陷吾君于聚麀。加以虺蜴为心，豺狼成性，近狎邪僻，残害忠良，杀姊屠兄，弑君鸩母。神人之所共疾，天地之所不容。犹复包藏祸心，窥窃神器。君之爱子，幽之于别宫；贼之宗盟，委之以重任。呜呼！霍子孟之不作，朱虚侯之已亡。燕啄皇孙，知汉祚之将尽；龙漦帝后，识夏庭之遽衰。敬业皇唐旧臣，公侯冢子。奉先君之成业，荷本朝之厚恩。宋微子之兴悲，良有以也；桓君山之流涕，岂徒然哉！是用气愤风云，志安社稷。因天下之失望，顺宇内之推心，爰举义旗，誓清妖孽。南连百越，北尽三河，铁骑成群，玉轴相接。海陵红粟，仓储之积靡穷，江浦黄旗，匡复之功何远？班声动而北风起，剑气冲而南斗平，喑呜则山岳崩颓，叱咤则风云变色。以此制敌，何敌不摧？以此攻城，何城不克？公等或家传汉爵，或地协周亲，或膺重寄于爪牙，或受顾命于宣室。言犹在耳，忠岂忘心？一抔之土未干，六尺之孤安在？倘能转祸为福，送往事居，共立勤王之勋，无废旧君之命，凡诸爵赏，同指山河。若其眷恋穷城，徘徊歧路，坐昧先机之兆，必贻后至之诛。请看今日之域中，竟是谁家之天下。

诗人骆宾王一生豪赌滥饮穷困潦倒，漂泊扬州途中投奔李敬业，被封为记事参军。一篇《讨武照檄》盖过骆宾王的无数诗作被人们击节称叹，对于那位诗人不知是喜是悲。而在洛阳宫里的武后在读完檄文后竟然惊呼骆宾王文才盖世，指责裴炎等朝臣错漏天才良吏，对于裴炎等人来说却不知太后出言是真心抑或只是一种讽贬。

在烽火四起的扬州属地，人们听说了太子贤死而复生坐镇李敬业营帐的奇闻逸事，听说举兵讨伐太后武照的就是太子贤，只有少数知情者洞悉这个秘密，李敬业营帐内的太子贤只是一个替身，他的外貌体态酷似已故的太子贤，真实身份却是一个铁匠。人们还说叛军的首领之一薛仲璋是当朝宰相裴炎的外甥，许多人因此推断扬州之乱有着不可穷尽的复杂背景。

裴炎在李敬业事件中是否清白？这是后来为朝野上下争执不休的谜。

太后武照对裴炎的怀疑和戒备或许始于修建武庙之争，或许始于裴炎征伐李敬业叛军的拖沓和暧昧的态度上，或者是在更早的时候上官婉儿告诉武后一首奇怪的童谣：一片火，两片火，绯衣小儿当殿坐。童谣所指对象非裴炎莫属，它像瘟疫一样在长安洛阳蔓延流行，使裴炎惊恐而恍惚，裴炎曾向武后表白道，无聊文人编造谣言惑众，不过是想挑唆朝殿起乱而已，武后当时淡然一笑说，我不相信坊间流言，我倒是相信天意，假如天欲改朝换代，恐怕也轮不到裴卿当殿安坐吧？但武后的心里也被童谣里的两片火灼出了浓重的阴影了。

太后武照听闻裴炎拖延讨伐李敬业之战后勃然变色，扬州地方已经群魔麇集举兵叛乱，为什么你一拖再拖至今不派军讨伐？武后终于厉声叱骂了裴炎，难道你想等待李敬业打到长安洛阳来扶你坐上金銮殿吗？

太后错怪微臣了，微臣绝无此等谵念妄想。

那么你是因为外甥薛仲璋身在叛军之帐，为了薛仲璋的性命就敢视社稷安危为儿戏？

微臣为官十余载从不徇私枉法，一旦俘获叛军首领，我要亲自动手斩下薛仲璋的首级奉献给太后。

那么你是不是年迈糊涂了，如此镇静令人惊诧，你到底要干什么？

裴炎当时的悲凄的神情使在场的朝臣后来念念不忘，只要太后还政于睿宗，即刻诏告天下撤销太后称制临朝，不用出兵出枪，李敬业叛军失去大义名分，不击自败，扬州之乱自然会平定。裴炎突然卧跪于地上，高声大叫，太后，还政于天子吧，这是民心所向苍天之意呀。

人们说裴炎当时濒临疯狂边缘，而武后的身体在裴炎的那声呐喊中悚然一跳，随后老妇将手中的紫檀木球朝裴炎脸上投过去，她的脸因为暴怒而变得苍白失血。我料到你会要挟我，武后尖声说，让我把朝政给你们这些庸人和饭桶？那是痴心妄想。

不难发现武后的表情已经露出一丝阴郁的杀机。而裴炎在一吐陈年积言后也大汗淋漓，似有一种虚脱的感觉。

一代名相终于大祸临头。武后责令左肃政大夫骞味道和侍御史鱼承晔审讯裴炎的异心反骨，人们认为武后挑选这两名与裴炎嫌隙颇深的人做审官，本身就是一着凶棋，武后已将裴炎置于死地了。

几天后裴炎以谋反之罪下狱，昔日銮前骄子摇身一变成为铁窗囚徒，这在历史上并不罕见。有人规劝裴炎服罪而请求赦免，裴炎长叹一声说，事君如事虎，我现在已落入虎口，说什么都没有意义了。哀莫大于心死，木枷在身的裴炎从此保持沉默，直到十月在洛阳街头都亭处被斩首示众。

裴炎之案在朝野引起的风波也使人咋舌，宰相刘景先和凤阁侍郎胡元范等人在武后面前为裴炎辩护而遭银铛入狱的株连厄运，骞味道和李景湛等人却踩着裴炎之尸爬上了宰相高位，裴炎问斩那天洛阳百姓蜂拥而至都亭，看着一代名相血溅街市，他们想起不久前流行的那首童谣，一片火，两片火，绯衣小儿当殿坐。裴炎之死在洛阳百姓眼里因而披上一层扑朔迷离的神秘色彩。

秋风拍打着神都洛阳密集的房舍和街市上的落叶，秋雨洗刷了都亭地面上的一片血痕，裴炎的曝尸被雨水冲洗一新，却像一朵枯萎的无人观赏的牡丹在秋风秋雨里零落成泥。没有人猜到裴炎曝尸的最后一个观赏者是洛阳宫里的太后，那辆马车停在都亭一侧，车帘轻撩之处露出一个妇人哀伤的泪脸。

裴炎才智无人匹敌，天生的一代良相。车帘后的太后武照以丝绢拭去眼角泪痕，她对身边的女侍上官婉儿说，其实满朝文武中我最看重裴炎，可是既然他的反心已见端倪，我也只能防患于未然了。

下阿溪一战使李敬业的军队惨遭重创。官军那天似乎有神相助，秋天的干风枯草正好成全了奇妙的火攻战术，人们说魏元忠的一把火烧毁了李敬业的所有梦想，叛军中被烧死的阵亡者逾七千余人，跳入河里被淹死的则不计其数。自此李敬业的散兵游勇已经一蹶不振了。其时距李敬业在扬州府举旗纳兵的盛景仅仅四个多月，江都润州一带的百姓看着李敬业带着幸存的部下落荒东逃，不由得感叹这次反乱终究难逃虎头蛇尾的传统格局。

李敬业带着胞弟李敬猷和骆宾王沿长江逃亡，他们本想从海陵渡海去高句丽远走他乡，但那年肆虐的秋风大雨继续与他作对，风总是逆向吹往他的营帐，无法驾船出海。士兵们开始后悔他们错误的抉择，一个叫王那相的将领趁李敬业他们酒酣熟睡之际潜入营帐，轻松地杀了李敬业、李敬猷和骆宾王，李敬业之乱最后就是以一个荒谬的结局来收场的。王那相把李敬业兄弟和骆宾王的首级系捆在他的马上，沿着逃亡路线原路返回，投奔李孝逸和魏元忠的官军驻地。

有人看见著名的诗人骆宾王的那颗首级，说他的遗容仍然带着那种怀才不遇忧国忧民的落寞之色。虽然是胜者为王败者为寇，但是仍然有人对骆宾王的首级投之以哀怜的目光，那个才华横溢的诗人为什么投靠李敬业的门下，为什么他在漂泊潦倒的一生中总是押错筹码？

四个月后李敬业之乱已成为一场虚惊，但洛阳宫里的武后却因此变得易怒而多疑。一批与裴炎和李敬业私交甚笃的官吏被悉数贬逐或诛杀，其中包括战功赫赫的朝中猛将左武卫大将军程务挺。接到程务挺与叛军有染的密告时，武后的脸苍白如纸。上官婉儿在一旁提醒皇太后应先垂询事情的真相，但武后摇头说，不用查询了，这些人居功自傲不会承认的，凡是涉及谋反叛乱的人，不管官爵功绩，格杀勿论。武后召来程务挺的偏将裴绍业，命裴绍业在军营中斩杀程务挺。上官婉儿对武后不事查询斩杀程务挺之举一直大惑不解，在后来一个春光明媚的日子里，武后忽有游园观花的兴致，主仆两人在牡丹花丛里一边漫步一边谈起了程务挺之死。武后说，你一直不明白我为什么不问青红皂白地杀了程将军，其实他是否参与谋反并不重要，程将军或许是做了我杀鸡儆猴的祭品吧，我只是想借机告之天下，无论他是谁，都必须效忠本朝无有二心。武后轻轻摘下一朵牡丹斜插于上官婉儿的高髻之上，她脸上的微笑像少女一样明媚，也像老者一样沧桑可鉴，武后说，我想告诉天下文武百官，没有我不敢杀的人，不要以为洛阳宫只剩了孤儿寡母，什么人都可以犯上作乱了。

多事之秋已经过去，为了庆祝平定李敬业之乱，洛阳宫里的武后再次颁发大赦令并将光宅改元为垂拱，垂拱元年武后向所有朝臣颁发了《垂拱格》，明文规定法令和官吏们各守其职的详尽条款。《垂拱格》可以解释为君王一体的施政之纲，也可以解释为文武百官们尽忠于皇室的紧箍咒，一些游闲于江湖的学人俊才从《垂拱格》中发现了野无遗贤的福音而跃跃欲试，等待着朝廷的垂青，另一些李姓皇族的遗老遗少则从中发现一个严峻的现实，太后的手已经伸出紫帐之外，开始按部就班地捻转大唐的社稷乾坤了。

三

英俊而邋遢的冯小宝在洛阳街头耍艺卖药已经近一年光景了，洛阳北门的集市上各色人等云集于货摊前后，买卖之声嘈杂纷乱，冯小宝只是占据了小小一隅以他的舞棍弄棒功夫招徕行人，他卖的是一种治疗跌打损伤的膏药。事实上在千金公主慧眼拾璞之前并没有人注意到这个江湖郎中的须眉之美。冯小宝在耍棍卖药时注意到一辆王公贵族家的华丽马车停在不远处，他不知道车帐后有一位高贵的妇人正用饥渴的目光欣赏着自己裸露的强健的上身。

逛街的路人来买他的膏药，而千金公主却是来买他的身体的，冯小宝一进千金公主的深宅大院就知道那个高贵阔绰的妇人心里的欲念，冯小宝乐于接受这场艳遇，因为在他看来这是天赐鸿运，美酒佳肴和罗衫锦裳，一个虽然色衰貌朽却又风情万种的妇人。这年夏天冯小宝突然从街市卖艺人的行列中消失，销魂于千金公主的绣床锦衾上，他不知道在洛阳宫一个至尊至上的妇人因为莫名的焦虑而喜怒无常，他也不知道枕边的千金公主正在盘算把他作为一份贵重的礼物，奉呈给洛阳宫里的皇太后。

当千金公主把她惊人的交易向冯小宝和盘托出时，惊慌的江湖郎中不敢相信自己的耳朵。千金公主脸上的媚艳放浪已被一种严厉的腔调所取代，皇太后终日操劳国事，玉体阴阳失调，召你入宫是为皇太后的安康着想，以你的阳气补皇太后玉体的阴气，你听懂了吗？冯小宝说，我听懂了，可是跟皇太后，我怎么敢？千金公主就以扇柄敲了敲冯小宝的头，什么敢不敢的？没人敢砍你头的，千金公主说，召你进宫是让你去伺候皇太后的，就像伺候我一样，只不过你要更加小心更加尽力一些。

冯小宝终于明白千金公主是把他作为一帖特殊的良药奉献给武后的，突然降临的桃花运是如此古怪如此灿烂，狂喜和惶惑交织在一起，使冯小宝的呼吸几近窒息。他的逢场作戏的面首生涯原本只是图个不劳而获，现在无疑是另一种如梦如仙的奇遇了，他将面对的不再是坊间街肆以偷欢为乐的市井女子，也不再是一掷千金买数夜风流的千金公主，而是普天下人们都在膜拜的皇太后武照，人们背地里已把她当成一个女皇帝了。既然是女皇帝，自然是需要男人为妃妾的，冯小宝想到自己即将成为女皇帝的男妾，心情就犹如百爪挠心，在等待入宫的那些天里，冯小宝格外爱护他的性器，每次解手过后都要细细洗濯，这是千金公主责令他做的事，也是冯小宝不敢违抗的事。

浓重的夜色之中有人把冯小宝引进了洛阳宫，冯小宝记得他跟在两名宦官后面通过了花树摇曳高台琼楼的深宫之径，脚步声听来轻捷而隐秘，心在狂跳，眼睛却充满渴望地饱览着这个肃穆华丽的帝王之家。冯小宝记得武后的寝殿亮如白昼，宫灯银烛间一个妇人斜卧于凤榻之上，冯小宝不相信自己的眼睛，不相信那个宽额方颐美貌未衰的妇人就是年逾五旬的皇太后武照。

武后正在用茶，或者在用药？冯小宝只闻见一股奇香从那只小盅里袅袅飘来，武后似乎没有听见侍宦的通报，她没有朝冯小宝看上一眼。冯小宝于是只好匍匐在地上，冯小宝想既然召我来做那等好事，为什么又不理我？又想床边围着这么多宫女太监，怎么能做成那等好事？

你说你叫什么名字？武后终于放下手里的瓷盅，缓缓转过脸审视着冯小宝。

冯小宝。

七尺男儿怎么叫了这么个名字？武后扑哧一笑，太滑稽了，叫什么不好非要叫个小宝？

禀告太后娘娘，我从小死了爹娘，村里人都这么叫我，我也不知道自己是否还有别的像样的名字。

你这名字得改了，我会赐你一个好姓好名的。武后的目光从冯小宝身上匆匆掠过，给身旁的上官婉儿使了个眼色。冯小宝虽不敢仰头，但他知道寝殿里的人正在陆续退离，宫灯银烛渐次黯淡下来，有人拉上了厚厚的绣帐，有人把一只盛满热水的铜盆端到了冯小宝身旁，冯小宝觉得刚才绷紧的身体立刻疲软下来。

回忆与太后的床笫之欢后来是冯小宝称霸洛阳一方的内心依据，冯小宝后来被太后更名为薛怀义，为了让他自由出入于洛阳宫，太后让他到白马寺做了住持和尚。从前街头耍棒卖药的江湖郎中摇身一变成了内宫宠儿，薛怀义被白马寺的和尚前呼后拥着经过北门集市时，他的旧识熟人瞠目结舌痴痴相望，百姓们对于洛阳宫里的许多秘密都是一无所知的。

洛阳宫里的武后有一天馈赠了千金公主大量的珠宝丝帛，她对千金公主说，没想到你给我的药方这么有效，最近以来我觉得自己换了个人似的，体气畅通了，精神好了，容颜肌肤好像也滋润多了。

千金公主发现武后那段时间确实犹如回春少女，武后无所顾忌地评判着薛怀义的身体，最后她向千金公主亲热地耳语道，做了一辈子的妇人，刚知道男人是什么滋味。千金公主会意地掩袖而笑，旁边的上官婉儿却被两个老妇人的闺中私语羞得面红耳赤。

垂拱二年武后曾经颁诏宣称皇太后不再临朝称制，朝纲大权皆由皇帝定夺。人们敏锐地察觉到这纸诏告不过是武后做出的姿态，睿宗素来敬畏母后并被她玩弄于股掌之间，他是绝对不敢借机收还皇帝大权的。果然不出人们所料，淡泊而温厚的睿宗无意改变他的傀儡式的地位，三次恳求太后改诏继续紫帐称制，太后也就欣然允诺。在收到睿宗的上表时母子俩曾经有过一番轻柔却又肃杀的谈话。

外面有人攻击我抢了皇帝的大权，现在我把它交还给你，你为何又不要了呢?

母亲深知儿臣生性淡泊,无法担负如此重任,社稷之事唯有母亲执掌才可令我高枕无忧。

我知道你语出真心,但我不知道你日后会不会后悔?

决不言悔。睿宗用斩钉截铁的语气回答了母亲的试探,他看见母亲骄矜的笑容难掩欣慰自得之色,他知道他的拱手让政是母亲等待的结果,现在他们母子双方都可以松口气了,而朝野之上对太后弄权的攻讦和讽刺从此会大有收敛之势,一些血气方刚仗义执言的皇族和朝臣将被堵上他们的嘴。

现在该说说侍御史鱼承晔的那个机灵的儿子鱼保家了。鱼保家曾与乱臣李敬业过从甚密,但在朝廷大肆肃清李敬业余翼剩枝的风口中却留住了乌纱,鱼保家在劫后余生的日子里萌动了以实绩立功的念头,于是那只构思奇巧一物多用的铜箱便在鱼保家的灵巧双手里诞生了。

铜箱内分为东西南北四格,每格都设制一个投书口。箱子东部是漆成绿色的延恩箱,此箱专为颂谢皇恩或毛遂自荐者而设,西部是漆成白色的申冤箱,申冤箱自然是为受冤者呼吁正义而设,铜箱南部是漆成红色的招谏箱,此箱为朝野人士讽谏朝政得失打开自由言路,最引人注目的是铜箱北端的黑色部分，通玄两字镌刻在黑漆之上，透出阴森之气，此箱为所有天灾地祸谋反叛乱开启一个告密通道，后来鱼保家创制献宫的这只铜箱被世人称为告密铜箱，主要即缘于黑色的通玄箱。

洛阳宫里的武后很快看到了鱼保家造铜箱的方案，武后连声称赞这种下意上达的捷径，立刻让一批最好的工匠铸造这种铜箱，于是垂拱二年三月，一只庞大的色彩醒目的铜箱赫然耸立在洛阳宫正门前，路人们无不停足观望，一个宦官手指铜箱的四个投书口，用尖厉而响亮的声音向人们讲述铜箱的诸种用途，听者们为此躁动不已，据说从铜箱出现的第一天起，投书者就络绎不绝地从各处涌来，使洛阳宫的宫门前形成一个人与语言文字的大集市。

令人唏嘘的是铜箱创造者鱼保家的命运。当鱼保家还未及享用武后赏赐的重礼，一封告密信塞进了黑色的通玄箱，也把鱼保家推向了致命的黑暗之渊，不知名的告密者指控鱼保家的作坊曾为李敬业叛军制枪铸剑，检举鱼保家隐瞒了无赦之罪。羽林军深夜闯入鱼保家宅第时鱼氏父子都目瞪口呆，无言以对。几天后鱼保家在东门刑场被处以斩刑，侍御史鱼承晔混在围观的百姓中目睹了儿子人头落地的凄惨一幕，作法自毙的结果令人断魂，鱼承晔老泪纵横仰天哀叹，他想儿子是应了聪明反被聪明误的古训了，早知道是作法自毙的话，他无论如何不会让儿子做这个告密的铜箱。

但是告密之门已向天下官民们敞开，从三月阳春开始，数以万计的人从中原和南方涌来，朝四色铜箱里投进他们的内容芜杂的书信，他们感谢皇太后武照赐予布衣百姓的这个传声筒，他们也坚信所有的诉状和谏言都会传到武后手中。掌管铜箱钥匙的老宦官每天两次开启铜箱，用黄色布袋装好并密封了送进宫中，他们发现每次清箱都以黑色通玄箱中的投书居多，宫内的阉竖由此推断宫外的世界同样是充满了仇恨、阴谋和冤屈的。

武后有一天登临洛阳宫的钟鼓楼，从至高至远处亲眼观察宫门外投书递信的人群，那些布衣百姓围住那只四色铜箱，就像围住了万能的天神，其中不乏一些风尘仆仆衣衫褴褛的远方来客，武后的心被铜箱边的人群深深地打动了，就在钟鼓楼上，武后向上官婉儿口授了她一生最为惊世骇俗的一道诏旨。

倘若十万百姓中有三万人愿意密告宫内宫外的各种隐患，

诸如李敬业之流的祸乱就可以兵不血刃地扼杀了。武后在钟鼓楼上若有所思，三月的阳光从羽翎华盖间倾射在她的脸上，使这个貌若少女的老妇人获得一种圣哲的光彩，仅仅是转瞬间的思索，武后便让宫侍们去取了纸砚墨笔，我要在此拟旨，武后气定神闲地告诉上官婉儿，我要让天下百姓都向我张嘴说话，即日起凡告密者不问职业、尊卑和身份都可以适时谒见太后，外地赴神都告密的百姓，旅途之上一律供以五品官礼遇，夜宿驿亭官舍，餐有七菜一羹，如果谁的密奏有益于江山大计，都可能擢升为官，如果谁的密奏有误无实，一律免于问罪。

上官婉儿以她娟秀酣畅的墨迹笔录武后这道诏旨时，钟鼓楼上的宫女宦官们默然凝望着运筹帷幄的皇太后武照，目光中有惊喜也有错愕，但更多的是茫然，他们总是无法捕捉那个老妇人飞燕般灵动轻盈的思想。

洛阳宫的三月之诏使宫外的百万庶民处于一种史无前例的亢奋和狂乱之中，从洛阳到长安，从河北到剑南，扶犁的农人或锻铁的工匠都在为皇太后圣德之旨喝彩雀跃。而遍布各地的文人墨客不仅自草奏书，也为众多赴神都上奏的白丁们所累，绞尽了脑汁，折断了笔椽。

揭诏告密的人群从东西南北的驿路上向神都洛阳涌来。沿途接待那些布衣庶人的官吏穷于应付，怨气冲天却又不敢违抗太后诏旨，只能在私下里以尖酸刻毒之语讥骂那些旅途上的告密者为蝗虫，在官吏们眼中那是一场古怪而可怕的蝗灾。

整个春夏之季太后武照忙于垂帘听政，她对召见告密百姓询听民情表现出非凡的兴趣和耐心，持续的劳累使她红颜消瘦，因此御膳房的宦官常常要将参茸汤端到紫宸殿上去。

进入洛阳宫的告密者往往是手足无措战战兢兢的，他们的密奏内容也往往是雇主盘剥工匠或者豪绅鱼肉乡里霸占人妻之类的民间琐事，更有荒远之地的农人一口方言而又语无伦次，帘后的太后就问上官婉儿，他想说什么？上官婉儿假如也听不懂，太后常常是宽怀一笑，赏些银子让他下去，赶千里之路来洛阳也够辛苦他了。

武后对每一个上奏百姓都不以为怪，她对上官婉儿说如此听政一为沙里淘金二为垂询民情，有许多臣相觉得我是在浪费时间，可是我其乐无穷，武后狭长美丽的眼睛望着她的又一个子民从紫宸殿退下，她说，那么多的人来向我诉冤和告密。我知道了以前闻所未闻的许多事，那么多的人就像沙子在我脚下摊开了，我可以找到我需要的金子。

武后如愿以偿地发现了几粒刺眼的金子，索元礼、来俊臣和周兴等人从无数入宫告密者中脱颖而出，成为大唐历史上最负盛名的酷吏一派，人们回顾酷吏一派在武后的提携下飞黄腾达的几年光景，对那个老妇人的用人之道无不啧啧称奇。

据说武后特别欣赏索元礼那双波斯人特有的猛虎般的眼睛，冷峻、残忍而明亮，这是武后最为推崇的男儿的眼睛。索元礼原先自荐的目标是骠骑兵吏，因为他自信自己的骑术箭法举世无双。但武后说，朝中骑马射箭的将吏并不缺少，你的眼睛该令乱臣贼子和鸡鸣狗盗之徒望而生畏，你是一粒沙中之金，我擢升你为游击将军，掌管制狱之事，我相信你任此重职不会让我失望。

来自波斯的小贩索元礼从紫宸殿下来便戴上了游击将军的七品官冕，三天以后索元礼在洛阳逮捕的异端分子已逾百余人，洛阳百姓常常在街市上看见那个波斯人一身黑色披挂骑在白马上，威风凛凛之中透出异域族人特有的杀气，索元礼的马后跟着他的黑衣游兵数十人，他们主要由洛阳街头无所事事的无赖恶棍组成，他们把一些木枷在身的新囚押往北市的大狱，其吆喝声斥骂声威震洛阳的天空。有在朝衙供职的小吏指着白马上的索元礼说，那波斯人最走运，皇太后向民间招贤纳才看上的第一个人就是他，说话人的语气中不乏艳羡和嫉妒，更多的或许就是迷惘。

来俊臣的升官图在洛阳百姓看来则几乎是天方夜谭了。人们听说来俊臣是个犯有抢劫罪的死囚犯，当皇太后下旨奖励天下告密者的消息传至牢狱时，来俊臣手撼铁窗狂呼了一个昼夜，我要申冤，我要告密，和州监狱的狱吏们慑于太后诏旨的威严，不知如何处置疯狂的来俊臣，事情闹到州刺史东平王李续那里，李续觉得这个死囚犯很可笑，他说，他要见太后，就让他去见吧，见过了就给我送回和州来，这个疯子再怎么闹都是斩首的下场。

东平王李续万万没想到来俊臣一去不返，不久押送来俊臣赴洛阳的狱吏回和州通报，来俊臣被太后封了八品官留在司刑寺任职了，李续哑口无言，恍恍惚惚扇了自己一记耳光。

是来俊臣的死囚身份引起了洛阳宫皇太后的注意。来俊臣在武后面前伶牙俐齿地洗刷了他的抢劫罪名，而且将话锋直刺东平王李续在和州一带的苛政统治。来俊臣言之凿凿，他似乎看见帘后那个妇人已经把一根救命稻草伸过来了。武后对她擢升死囚来俊臣为朝史的惊人之举作过多种解释，她说，我喜欢他的不卑不亢和无畏之心，索元礼像猛虎，来俊臣则像蛇蝎，朝廷也需要几条咬人的蛇，蛇多虫就少了。有时候武后却说，我只是喜欢他的相貌，还有一口好听的长安官话。最可信的解释或许是武后有一次召见来俊臣时的说法，为什么不能提升死囚为官？武后像是自语，也像是对来俊臣所说，我把一个人从屠刀下解救出来，他自然会永远效忠于我。

至于孟州河阳县令周兴的一步登天则是他冒险成功的结果，身为县官的周兴按诏旨不可往四色铜箱内投书，但是周兴自顾把洋洋万言的评论刑狱的文章投进了铜箱，事遂人愿，皇太后武照认定河阳县令是她寻觅的又一粒金子，周兴没有被治罪，反被武后特赦加官，与索元礼、来俊臣一起共掌制狱事宜。河阳县的百姓深谙周兴的人品才干，闻知周兴加官洛阳的消息后，便有人褒贬莫明地感叹道，英雄总算有了用武之地。

垂拱二年的春夏之交，皇太后武照在会见了近万名告密百姓之后终于感到了疲惫和厌倦，席卷大唐方圆天下的告密浪潮渐渐平息了，当朝吏们在城镇乡路贴出停止入宫谒见皇太后的布告时，仍有数千名前往洛阳告密的百姓滞留在东西南北的驿路上，那些人没有及时乘上皇太后武照驾驶的幸运之车。

而索元礼、来俊臣和周兴等人已经在那辆金车上初试身手呼风唤雨，他们联袂创造了一个恐怖而辉煌的酷吏时代。

洛阳宫里春花乱飞，牡丹竞艳处有蛱蝶与蜜蜂轻掠而过，楼台水榭上有乐工手执箜篌练习新曲，深宫中的春宵美景总是挟带着某种甜酸之气，巡夜的宫监们经过皇太后武照的寝殿时总是绕路而行。他们知道白马寺的和尚薛怀义几乎每夜都与太后相伴于绣榻之上，木工们最近赶制的七尺大榻无疑就是为这样的春夜准备的。

武后的情事是一树迟开的桂花，年届六旬之际才变得馥郁芬芳，薛怀义作为老妇人的床第宠儿，对于她日见滋润的容颜肌肤赞叹不已，他发现老妇人在鸳鸯之娱中犹如少女般的痴迷而妩媚，她用一只光滑而幽香扑鼻的紫檀木球噙于口中，是用它遏止欢乐的呻吟或者只是一个隐秘的习惯？薛怀义不禁对老妇人从前的禁宫之夜想入非非，不管怎样，他意识到太后武照如今是枯木逢春，而他自己恰恰是她的一帖回春之药。

但是恃宠骄横的薛怀义有一天被尚书左仆射苏良嗣打了。他与苏良嗣在宫门口狭路相遇，互相都不肯让路，他以为苏良嗣会像旁人一样对他谦让三分，但苏良嗣却突然怒吼起来，把这个肮脏小人撵出宫去，苏良嗣先动手推了薛怀义，旁边的刚下早朝的朝臣们于是一哄而起，把薛怀义拳打脚踢地轰出了宫门。薛怀义狼狈而出时听见身后响起了一声刺耳的笑骂，你那宝物不过是夜间一鸣而已，白天怎么也敢耀武扬威？

武后是在第二天从薛怀义的怨诉中得知宫门口的这段小插曲的，她让御医为薛怀义背上的瘀伤敷了御药，一点小伤无碍大事，武后爱怜地望着薛怀义，随即话锋一转说，怀义你也不能太张狂了，皇宫南门历来是臣相出入之门，哪里是你和尚走得的？以后进出都走北门。

上官婉儿站在旁边掩袖窃笑，她想起不久前补阙官王求礼的一纸奏折，奏折要求为频繁出入宫中的薛怀义阉割去势，以免败乱后宫圣洁之地，她记得武后看见这纸谏奏后开怀大笑，武后说，这个王求礼真是少见多怪，自古皇帝都是后宫佳丽三千人，我孀居多年连一个和尚都养不得吗？武后笑着撕碎了王求礼的奏折，脸上灿若红桃。上官婉儿懂得云雨欢爱在武后迟暮之年弥足珍贵，但她也深信武后将对薛怀义的委屈一笑了之，所有的枕边男人都会成为这个非凡妇人的玩偶，仅此而已。

被宫人们藏藏匿匿的深宫情事往往像红杏出墙，最终暴露于世人好奇的目光下。太子舍人郝象贤被家僮密告有谋反之言，步步高升的秋官侍郎周兴便毫不留情地把郝象贤送上了刑场，谁也没有料到郝象贤临刑前向围观的市民百姓的诀言竟然直指皇太后武照的宫闱私情，你们记住了，洛阳宫里的皇太后不是你们的国母，她是个春心放荡的大淫妇，你们为什么看不见冯小宝耍棒卖药了？他让皇太后召进后宫绣床上去啦。郝象贤的喊叫声嘶哑而狂乱，令刑场一片哗然，刑吏们于是慌慌张张地扑上去掐住其喉部，匆忙砍下了郝象贤的人头。

武后闻知郝象贤临刑闹事后再也无法保持她的宽容气度，狂怒的老妇人下令在洛阳闹市肢解郝象贤的尸首，并且挖开郝家祖坟烧毁其祖宗的白骨，然后就是抄家灭籍，郝象贤的家人在流放岭南途中被一一诛杀干净。愤怒的情绪一旦宣泄了，武后复归冷静，她召来刑部的官员责问他们，郝象贤那样的狂徒死犯怎么可以让他张口胡言？你们不会用东西塞住他的嘴吗？郝象贤的事且让它过去，以后死囚临刑一律含枚禁声。

刑部官员们对太后的智策交口称赞，于是死囚含枚临刑的方法为大唐历代所沿用，直至数百年以后。

垂拱四年又是多事之年。

这一年千余名工匠拆毁了洛阳宫雄壮华丽的正殿乾元殿，在一阵沉闷的巨响过后许多前朝老臣推窗凝望雾土飞扬的皇城，他们知道皇太后武照已经动手将乾元殿扩建为明堂，旧殿新堂交替之间，一个辉煌的李姓时代行将黯淡，而皇太后武照所梦想的周朝之天似乎已经呼之欲出了。

四月里武承嗣向他尊贵的姑母皇太后献上了一块白石，白石状如玉盘，沿石纹之线刻有圣母临人永昌帝业八个篆字，武后手捧白石端详，正如武承嗣事先所料想的那样，皇太后的眼睛立刻射出一种欣喜之光。

瑞石从何找来？

洛水之滨，是洛水人唐同秦无意拾得的。

石上的文字是谁刻的？

绝非凡人手笔，想是出自天工神斧。

武后颔首而笑，这是她在武氏宗亲面前第一次流露亲善之情，可以想见这块真伪莫辨的洛水白石赢得了武后的欢心，武后后来将这块白石称为天授圣图，并仿照白石神字刻制圣母神皇的三枚玉玺。武后说，瑞石来自洛水，是上苍借洛水显圣，我要顺从天意。

湍急浑浊的洛水被皇太后武照诩为神川圣地，两岸渔人便被禁止在洛水捕鱼，前往洛水膜拜的游人在沙地上寻寻觅觅，再也不见祥瑞的白石，洛水之滨随处可见的只是被丢弃的残破的渔网了。

垂拱四年的秋天又是多事之秋。散居于各地的李姓皇裔对皇太后武照一手遮天的专制似乎已到了无以承受的地步，匡复李唐之天的激情使年轻的藩王们铤而走险，开始酝酿一场庞大的战争。

藩王们最初以密使密信往来联络，多用暗语交流各自对洛阳宫现实的忧愤之情。是通州刺史黄国公李譔假造了影子皇帝睿宗的玉玺和诏敕，诏敕称朕已被幽禁诸王应立刻发兵营救。伪敕发往博州刺史琅玡王李冲的王府，李冲心领神会，而且另外又假制睿宗诏敕一份，称神皇欲将李氏社稷授予武

155

氏。两份假敕传至鲁王李灵夔、越王李贞及纪王李慎的藩王府中，但是令李冲大失所望的是藩王们仍然左顾右盼按兵不动，洛阳宫里的武后却很快掌握了藩王的动向，左金吾卫将军丘神勣的征伐官军浩浩荡荡地开出了洛阳城。

悲怆而激愤的李冲朝他的五千名兵将振臂一呼，各地藩王胆小如鼠，补我李唐之天唯有琅玡王啦。李冲在八月十五的圆月下率兵渡过黄河，攻击通往济州的要塞武水县城，不料出师不利，火攻武水城的计划因为风向改变反而烧到了自己，士兵阵形一片混乱，小小的武水城久攻不下，使琅玡王临归召募的军队士气丧尽，一夜之间竟然四散逃逸。李冲沮丧地带着他的残兵剩将返回博州，通过博州城门的时候李冲骑在马上神思恍惚，他其实看见了那个农夫孟青拖着一根木棒走过来，他以为孟青是来慰问他的，但孟青突然挥棒一击把李冲打下马背，孟青在猝不及防的李冲头上猛击数棒，嘴里高声说，打死叛贼李冲，我要提着李冲的人头去洛阳见皇太后。

李冲起兵七天不战而败，更令人伤神的是皇门之裔白白死于黑脸农夫手中，藩王们听说琅琊王之死无不面露凄恻悲凉之色。李冲的父亲越王李贞更如风中狂草不能自已。

越王李贞起初是准备夜以继日奔往洛阳负荆请罪的，他深知各地藩王以前的密盟暗约只是口舌壮志而已，一旦出事则个个明哲保身见风使舵，可惜的是琅玡王的热血之躯，白白做了替罪的刀下冤魂。李贞想为什么堂堂李姓男儿都害怕洛阳宫里的那个妇人？包括他自己，神圣的先帝太宗皇帝的儿子为什么害怕一个出身卑微的武姓妇人？李贞思如乱麻，他能想到的第一个应急之策就是自缚手足去洛阳宫向武后及朝廷请罪。

铁链加身的越王李贞在豫州驿站与新蔡县令傅延庆的二千兵马邂逅相遇，傅延庆不知琅玡王李冲的死讯，他是在接到伪敕后准备投奔李冲之麾的，此情此景使苍老而疲惫的越王李贞热泪满面，李贞一改初衷，决意破釜沉舟接过儿子的血旗。就在豫州城里，李贞招募了七千名兵士，安营扎寨准备与洛阳宫拼个鱼死网破。但是正如坐观局势的别处藩王们所猜想的，越王李贞势单力薄，其结果只能是重蹈儿子李冲之覆辙。

武后派出的十万官军将豫州城围得水泄不通，在火光冲天杀声四起的攻城战中李贞变得手足无措，或许是在兵临城下的绝境中李贞才意识到孤掌难鸣的悲哀，他的匡复李唐的旗号在豫州城的城楼上看上去是那么灰暗那么乏力，他们父子的抗争必将成为洛阳宫人的笑柄。据说李贞带着几十名家兵以弓箭护城，但很快掏空了箭囊，绝望的李贞在一片箭啸声中遥向西天长安跪地而泣，他祈求亡父太宗的神灵庇护，但太宗之灵迟迟未现，李贞最后抱起了一壶毒酒，在劫难逃，不如让我先下黄泉守候武照的妖孽鬼魂，李贞说完抱起酒壶一饮而尽。

李贞父子相继败亡的消息传至洛阳宫时，皇太后武照无悲无喜，神情依然凝重，李贞父子只是水面上的两条浮鱼罢了，水深之处的沉鱼何止两条？武后说，水深之处才是反乱的大患，最近以来我似乎天天听见藩王们咬牙切齿摩拳擦掌的声音。

武后先命监察御史苏珦调查诸王共谋的证据，但苏珦的调查久久不见进展，使皇太后很不耐烦，中途罢免了苏珦的重职，于是此番重任再次落到秋官侍郎周兴的肩上。

周兴作为审死官的才华魄力无可比拟，一旬之内将韩王李元嘉、鲁王李灵夔、黄国公李譔以及长乐公主召至洛阳，几乎没有人看见四位高贵的皇族在洛阳如何度过了最后几天，周兴调查审讯的方法无疑是玄妙而奇特的，四位皇族面对周兴或哭或笑，或沉默或讥骂，但最后却殊途同归，他们在各自的囚室房梁上都发现了一条绳子，因此他们最后的自杀方式也像他们的血缘整齐划一，都是以悬绳自缢而亡。

有人担心四位皇族的自缢使调查审讯未得结果，但周兴胸有成竹地说，已经有结果了，畏罪自杀，这就是结果，我相信皇太后不会反对这个结果。

垂拱四年遍布各地的李姓宗室都看见了从洛阳宫吹来的肃杀寒风，皇太后武照扫荡李氏的心计已经暴露无遗，皇族们于风声鹤唳中惶惶不可终日，有意联合反击却无力使梦想成真，而洛阳宫里的武后总是先下手为强，他们发现武后编织多年的黑网已经朝皇族们的头顶迅疾地撒开。

洛阳以外的李姓皇族几乎尽成网中人。

人们后来回忆垂拱四年到天授元年的短短两年间，众多的李姓皇族酷似一片失火的山林，某种神秘而炽烈的火焰追逐着他们，无论男女老幼，几乎统统葬身这场大火之中，寥寥幸存者中的泽王李上金之子义珣在颠沛流离中记下了所有皇族的死亡档案。

琅琊王李冲	灭门
韩王李元嘉	灭门
鲁王李灵夔	幸存三孙
越王李贞	灭门
上党郡公子谌	灭门
黄国公李譔	灭门
武陵王李谊	灭门
范阳公李蔼	幸存三子
东莞郡公李融	幸存一子
常山王李蒨	灭门
霍王李元轨	灭门
江都王李绪	幸存一子
零陵郡王李俊	灭门
黎国公李杰	幸存一子
汝南郡王李玮	幸存一子
鄱阳王李谭	幸存一子
广汉郡公李谥	灭门
汶山郡公李蓁	灭门
广都郡王李琦	灭门

蜀王李璠	灭门
纪王李慎	幸存一孙
郑王李璥	幸存二子
义阳王李琮	幸存二子
楚国公李叡	灭门
襄阳郡公李秀	灭门
梁王李献	灭门
建平郡公李钦	灭门
舒王李元名	灭门
豫章王李亶	幸存一子
南安王李颖	幸存一子
鄅国公李昭	灭门

这个长长的死者名册被后人视为一次不完全的统计，那两年间人们对于李姓皇族连贯的死亡形式失去了鲜奇之心，只记得那些王公贵族中间蔓延着一种奇怪的政治瘟疫，所有人几乎犯了同样的不赦之罪——谋反和叛乱，而且使庶人布衣们感到有趣的是死者们辉煌的姓氏被皇太后武照改为虺姓，虺是什么？便有书宦人士耐心地解释，那是一种肮脏含毒的

爬虫。

垂拱四年的秋冬是杀人如麻的季节，为昭陵和乾陵守墓
的墓吏工匠们说他们看见了墓下的亡魂冲顶茔地的奇景，满
山的桧柏和黄土当时都在簌簌抖动，而洛阳宫里的皇太后武
照有一天深夜从噩梦中尖叫着醒来，她让宫女们点亮寝殿里
的每一盏灯，带着梦的情绪责问锦榻下的宫女，是谁整夜不
停地在我耳边啜泣？宫女们婉转地暗示啜泣声只是皇太后梦
中的幻听，疲惫的皇太后脸上出现了短暂的惘然之色，接着
是沉默，皇太后以一袭红绡遮挡住她的面部，她的声音沙哑
而幽然，没什么，大概是一些鬼魂的声音吧。

戮杀皇族的疯狂曾使武后身边的近侍上官婉儿动了恻
隐之心，她怀疑周兴来俊臣从皇族们口中套出的谋反供词
是屈打成招或逼供的结果，但是武后总是回避此类话题，
有一次她指着紫宸殿前的海棠树说，该让园工来剪枝了，
老枝不除何有新果？婉儿你这样的女才子怎么不懂如此浅
显的道理呢？

上官婉儿其实是知道皇太后剪枝不问其病的谋略的，但
当剪枝人一语道破天机时，她的纤婉之心仍然为之一颤。曾

几何时，父亲上官仪也死于这个老妇人惯用的剪枝刀下，那时候她还是襁褓中的婴儿，父亲的形象是虚幻的，而父亲与武后结冤惹祸的历史却被上官婉儿铭记于心，那是前车之鉴，上官婉儿因此以才貌和善解人意、温顺娴淑成为武后身边的红人。

杀父之仇是否化解成了敬畏和忠诚？这是人们在分析皇太后武照和上官婉儿亲密关系时的一个疑窦。

四

弥漫于大唐天空的皇族血气一点点地凝结干涸，惊心动魄的杀人故事很快变成史籍中平淡超然的文字。一切都不能阻挡皇太后武照的梦想成真。新年前夕华丽惊世巍巍壮观的明堂封顶落成，在冬日散淡的斜阳中，人们觉得那座巨殿透射出一种非人间的虚幻的气息，一如西域沙漠中的海市蜃楼。皇太后武照围绕着明堂的三百尺方圆漫步一圈，一步三叹，宫人们抬眼望望明堂上高悬的万象神宫的金匾，再看看满面喜色流连忘返的老妇人，他们有一种相仿的玄妙之感，万象神宫与圣母神皇在这个冬日合为一体，它将成为一个武姓时代的标志耸立在洛阳宫中。

万象神宫落成之日武后大宴群臣，华灯竞放之处觥筹交错歌舞升平，礼乐官精心策划的群舞场面更是令人叹为观止。

一百名美丽的少女舞姬表演了皇太后亲自编排的圣寿舞，彩袖飞转之际群花似风中之灵，逐次排出圣、寿、千、古、道、泰、百、王、皇、帝、万、年、宝、祚、弥、昌等十六个祥瑞字形。一百名技艺精湛的乐工以笙、箫、琴、琵琶、五弦、箜篌、羯鼓、胡笳奏响欢乐的宫乐舞曲。一百名身手矫健的少年舞人献上了生动有趣的五方狮子舞，金球逗狮，杂技娱人，赴宴群臣中一片快乐的喝彩之声。

大宴完毕皇太后武照下令打开南门让洛阳百姓共赏万象神宫的风采，便有无数百姓从南门一拥而入，饥肠辘辘的乞儿去庭间找寻宫宴的残羹剩菜，慕明堂之名前来观赏皇宫新景的人则在巨殿高台下窃窃低语，他们印象中的明堂是茅草为顶黄泥为墙的，但皇太后的明堂却是龙柱凤檐富丽堂皇，一片灿烂炫目的金碧之气，就有一个工部小吏大惑不解地说，这哪里是西周的明堂？分明是殷纣王的瑶宫。我以为建明堂是倡导清廉之风，原来又是挂了羊头卖狗肉。他的同伴提醒他如此场合宜观不宜评，出言不慎小心让游击将军的暗探听见了，没想到那个张姓小吏一说话便欲罢不能，他的怨愤旋即自然地移向明堂的修建者薛怀义，薛怀义算什么东西？明堂圣地竟然让这等无知鼠辈随意构筑，实在是朝廷的荒谬了。说话的工部小吏兀自冷笑，对于他身后的两个商贩模样的陌生人的异样神态无所察觉，只是在他走出宫门以后才顿悟口舌之快已经惹祸，他看见几个黑衣捕吏在僻静之处守候着自己，万念俱灰欲逃不能的张姓小吏对他的同伴说，不好了，真的撞上祸墙了，碰到了来俊臣的毒手，捕进去必死无疑。等到黑衣捕吏策马逼近时，张姓小吏突然跪地狂喊起来，都是那座明堂害了我，我为什么不在家饮酒睡觉，为什么偏偏要跑来看这座该死的明堂呀？

过往行人都缩在路旁观望，即使是这样充满庆典气氛的日子，他们对街头捕人的场景也不以为怪了。不知是从哪一天开始的，洛阳街头深巷中捕吏的马蹄声昼夜不息。

皇太后武照向女帝之位姗姗而来的时代也是酷吏们叱咤风云的时代，后代的文人学者认为那是一池浊水中的并蒂莲花，它们互相汲取营养从而各得其果，是武后成全或者利用了那群酷吏，酷吏们怀恩相报为老妇人一圆帝王之梦披荆斩棘？是酷吏们有恃无恐高举老妇人赏赐的刀剑释放了嗜血的天性和杀人的癖好？人们会发现对历史的两种诠释也像并蒂莲花一样不可拆卸。

《旧唐书·酷吏传》中记下了十一位官阶各异的酷吏的名字，他们是周兴、索元礼、来俊臣、丘神勣、万国俊、王侯义、来子珣、侯思止、傅游艺、郭霸和吉顼。

司刑评事来俊臣与万国俊合撰的《罗织经》是一本旷世奇书，书中精义为如何使无罪之人蒙罪的技巧要领，从告密、伪造反状到刑堂盘审，条分缕析言简意赅，垂拱年间许多走投无路的失意者从《罗织经》中发现了一条通往仕途宦海的捷径，有人说一本《罗织经》唆使人咬人，咬人者咬红了眼睛，被咬者死不瞑目，是为旷世奇观。

而《罗织经》一书并未穷尽来俊臣作为酷吏的盖世才华，曾有数年狱囚体验的来俊臣在创造刑具刑罚方面也有惊人的想象力。来俊臣由家仆杀鸡而顿生新刑的构想，那就是后来被刑卒常用的凤凰晒翅的刑法，把犯人手足紧缚悬吊于梁上，刑卒在下面便可以把犯人转成一只疯狂的陀螺。驴驹拔橛则是来俊臣偶尔看见一头驴欲挣脱拴桩而不能受到的启示，来俊臣很自然地联想到以人易驴，以铁索牵拉桩上的犯人将是何等火爆，除此之外来俊臣还创造了仙人献果、玉女登梯等有着美丽名称的十余种新刑。

司刑评事来俊臣对于刑部的贡献更在于著名的十大枷，被历代沿用的木枷到了来俊臣手里已是各具风格巧夺天工了。

十大枷的古怪名称无疑也带有来俊臣鲜明的风格特征：定百脉、喘不得、突地吼、着即承、失魂胆、实同反、反是实、死猪愁、求即死、求破家。

来俊臣在刑房里常常流连忘返，他对他的犯人说，到了我手里不怕你不招供，不怕你不认罪，我有十大枷，你能过几枷？就算你铮铮铁骨过了十枷，我还有十大刑，你能过几刑？每一道大刑都能送你的命，可你只有一条命，所以你还是招供认罪吧。

不管是偷儿劫徒还是谋乱疑犯，到了来俊臣手中便没有了狡辩和抗拒，从刑部大堂传来的这个消息使来俊臣成为另一个传奇人物。

朝廷衙门也浸淫在某种铅色的令人窒息的空气中，在诬告成风人兽莫辨的非常年代朝臣们都提前给家人立下了遗嘱，每天上朝与妻儿的道别都可能是一次诀别。朝臣们犹如惊弓之鸟，在朝殿和公堂上无一赘言，憔悴而凝重的神色后是一颗摇摆不定的猜疑和戒备之心。

李贞父子举兵使众多李姓皇族受到株连而遭灭顶之灾，而光宅元年李敬业之乱的余波则贻害于朝衙之中，李敬业的兄弟李敬真在死牢里突然供出一串叛乱同谋的名单，其中有宰相张光辅、张嗣明、秋官尚书张楚金、陕州刺史郭正一、凤阁侍郎元万顷，甚至还有剿灭李敬业的功臣洛阳令魏元忠的名字。

令人费解的是秋官尚书张楚金和洛阳令魏元忠的遭际。张楚金作为刑部首脑被死囚李敬真一石掷于井中，其荒诞使舆论哗然，人们无不肯定是秋官侍郎周兴借死囚之手搬走他在刑部的拦路石，死囚咬人往往是随意的不可理喻的，借刀杀人却是秋官侍郎周兴向上爬的技巧，至于洛阳令魏元忠的被诬，则是死囚对仇家魏元忠最恶毒的报复而已，疯狂的死囚往往喜欢把他们的天敌冤家一起挟往地狱，尤其是在这样的黑白是非无人评说的恐怖时代，一张嘴一句话可以轻松地把一个人送往刑场。

周兴把持的刑部大堂已成阎王殿，洛阳宫的武后是否明察秋毫？这是一个暧昧不清的问题。有朝臣斗胆谏奏武后苛政残刑的危害，武后对奏文不置可否，上官婉儿记得武后说了一句意味深长的话，苛政总是要杀人的，杀人不一定就是苛政。但是武后在张楚金、郭正一、元万顷和魏元忠头临斩刑那天下了特赦圣旨，当凤阁舍人王隐客奉旨拍马赶到刑场时，围观百姓欢声雷动，四名囚犯于狂喜中高呼皇太后万岁，人们都记得是皇太后开恩令魏元忠等四名朝臣免于一死。那天洛阳下着霏霏细雨，王隐客来到刑场时阴晦的天空豁然晴朗，一道彩虹奇迹般地横跨天穹，忠厚而迷信的洛阳百姓说那是皇太后武照的化身，漫漫皇恩洗濯了天空，虹桥恰恰是赐于四名罪臣的再生之路。

载初元年皇太后武照多次梦见了遥远的周朝，梦见她的周王室的祖先，那是一个悠长而美好的时代，它的辉煌而文明的历史使老妇人泪湿锦裳。有一天早晨皇太后武照满怀激情地向睿宗皇帝和上官婉儿叙述了梦中的周朝，她说她要把夏历改为周历，让天天流转的岁月也按照周的历法来流转。

十一月因此成为岁首和正月，正月以后是腊月，腊月以后是一月，一年便剩下十个月了。

皇太后武照的头脑里充满了改天换地的奇思异想，改过历法后又改了十几个文字，其中包括天、地、日、月、星、君、臣、人、照等字，武后最喜欢的新字莫过于照，这是她的名字，照如今被改写为曌，无疑是化平庸为神奇的一笔，它给人以某种日月相映于天空的圣洁的联想，这个新创的曌字为皇太后一人独用，后来成为许多人可望而不可即的禁用之字。

奉命起草了十七个新字的凤阁侍郎宗秦客是武后的姑表兄弟，细心的朝臣们发现光宅年以来皇太后的亲族像雨后春笋从朝廷各个角落破土而出，武承嗣已高居尚书左仆射之职，武攸宁继任纳言官位，而粗鄙暴躁的武三思也被皇太后提任为执掌兵权大任的兵部尚书，至于内亲以外的男宠薛怀义，这年腊月官拜右卫大将军，受封为鄂国公，进出洛阳宫时再也不需以袈裟披身了。

武门一族飞黄腾达的时候李姓皇族却多已没入幽冥之中，这一年秋天已故高宗皇帝的三子上金和四子素节终于难成漏网之鱼，秋官侍郎周兴告两位藩王怀有谋反之心，于是刑部捕吏分成两路前往随州和舒州押解泽王李上金和许王李素节到洛阳听审。

从舒州到洛阳的一千八百里路是一次凄怆之旅，许王素节心如死水，木枷和马背上的泪痕已经被黄尘吞咽，就像他对长安后宫旧事的辛酸的回忆，从前那个武昭仪的形象在他的记忆中像纸页渐渐枯黄，但素节清晰地记得亡母萧淑妃与武后的那段冤家天敌似的故事，它是一块巨铁，生长在素节的心中，会生锈却不会消遁。想起从前曾不止一次地对妻儿说，我能活到今天纯属侥幸，我不知道皇太后还能让我活多久，素节枯槁的脸上不由得浮出一种宿命的微笑。

羁途之上秋意肃杀，雁群掠过荒草去南方寻找温暖的栖所，许王素节却要去洛阳奔赴命定的死亡之地。半途中许王素节看见过一队抬棺出殡的行列，吹鼓声哭丧声和披麻戴孝的人群使他的眼睛流露出艳羡之光，许王素节问他的儿子瑛，死者是什么人？瑛说，大概是本地的殷实富户。许王素节又问，死者是病死的吗？瑛说，大概是病死的，布衣庶人还能怎么死？许王素节一时无言，沉默良久后突然说，做个布衣庶人也好，能病死家中就更好了。家人们听闻此言都背过脸去，任凭泪水再次滴落在囚车和黄土之上。

捕吏们遵从密令在洛阳以南的龙门勒死了许王素节。两天之后素节的兄弟泽王上金在洛阳的囚牢里得到了这个消息，上金说，为什么要告诉我这个消息？是要我自己动手吗？上金的目光移向房梁，果然看见一条白绢悬在那里，上金就说，自己动手也好，省得你们的虫豸之手弄脏了我的身子。狱吏们隔着木栅观望着上金，上金一边拉拽梁上的白绢一边吼叫起来，还守在这里看什么？快去向皇太后报功贺喜吧！告诉她该杀的都杀了，现在她可以让大唐天下改姓武啦。

有人说许王素节和泽王上金还是幸运的，作为皇太后武照深为厌恶的皇室后代，他们毕竟比别人多活了几年。

皇太后武照有一天听见周朝的先圣们在她耳边敲响了一百口钟鼓，钟鼓之声从早晨到黄昏悠然齐鸣不绝于耳，整个紫宸殿在她脚下微微震颤，皇太后武照的双颊犹如少女般的一片绯红，目光犹如仙子般的明净而美丽，她告诉上官婉儿她听见了神奇的天籁，她说，把紫帐珠帘都拉开吧，我要看清先圣们把我领向哪一个地方。

垂挂多年的紫帐珠帘被宫人们合力拉开，于是皇太后武照看见了紫宸殿外的满天晚霞，她看见一个辉煌的世界拥抱了六十年的梦想。

睿　宗

一

我踩着七哥哲的肩膀登上了帝王之位，但那不是我想成就的大业。在我众多的皇裔兄弟中，不想做皇帝的，或许我是唯一一个。有人说正因为如此，我母亲才把我扶上了许多人觊觎的大唐金銮之殿。

我登基之时适逢李敬业在江南起兵叛乱，江湖之上烽火狼烟，民不聊生，我似乎是在一种恍惚如梦的状态下加冕为皇的，有一些坚硬的不可抗拒的力把我从安静的东宫书院推出来，推上一个巨大的可怕的政治舞台。在这里我心跳加剧，耳鸣眼花，我可以从各处角落闻到我祖先和先祖父皇残留的气息，我的哥哥们残留的气息，都是与阴谋、争斗和杀戮有关的血痕和眼泪。

我害怕。

我真的害怕。

我告诉我自己，冠冕龙袍都是假的，一切都是假的，我没有力量也没有必要承负一国之君的重任，没有人要我承负一国之君的重任，但是我仍然害怕，无以诉说的恐惧恰恰无法排遣，就像青苔在阴湿的池边一年一年地变厚变黑。作为仁慈的高宗皇帝和非凡的武后的幺子，我更多地继承了父亲的血气和思想，唯愿在皇宫紫帐后求得安宁的一生。恐惧和平淡是我的天性，我害怕，我真的害怕，因此当李敬业之乱平定后，母亲下诏把朝廷大权归还给我时，一些朝廷老臣欢欣鼓舞，我却在紫宸殿上高声叫起来：

不，我不要。

我母亲当时露出了会意的璀璨的一笑，她的那双美丽而锐利的眼睛直视着我说，为什么不要？如今叛乱平息，社稷复归正途，是把朝政归还给皇帝的时候了。

我说，不，不管什么时候，只有母亲执掌朝政才能乾坤无恙国人安居乐业。

我看见武三思、苏良嗣、韦方质等一班臣吏在殿下颔首附和我的推辞，而母亲的苍劲的十指飞快地捻动着她的紫檀木球，她的迟疑只是短短几秒钟，最后她说，既然皇帝决意辞政，那么我就再熬一熬我这把老骨头吧。

人们知道那才是武后的真话。

连百姓都说，当今皇帝是个影子皇帝，只知吃喝玩乐，对世事不闻不问。那是真的，是文明年和垂拱年间的宫廷现实。

问题是我为什么要去管那些令人头疼的国事呢？我母亲喜欢管，而且她已有治国之癖，那么就让她管吧。

我与七哥哲从小手足情深，他被举家放逐均州之前，母亲容许我与他晤面道别，当然那是隔着囚室窗栏的道别。

七哥做了五个月的皇帝，从万岁爷一夜间沦为庐陵王，他的枯槁的面庞和茫然木讷的表情处处可见这种残酷的打击。我看见他以嘴咬着袖角在囚室里来回踱步，就像一只受伤的迷途的野兽。

七哥扑到窗栏前来抓住我的手，但被监卒挡开了，七哥以一种绝望的求援的目光望着我，旭轮，帮帮我，他喊着我幼时的名字，声音沙哑而激奋，别让我去均州那鬼地方，求你开恩把我留在洛阳，要不去长安也行，千万别把我甩到均州去。

我看着那只抓着窗栏的痉挛着的手，一时说不出话来，只是下意识地摇着头。

别拒绝我，你能帮我，七哥几乎喊叫着我的名字，旭轮，旭轮，你做了皇帝，你下一道赦诏就能把我留在京城。念在多年手足情分上，下诏帮帮我吧。

我觉得有什么东西堵住了我的喉咙，我费了很大劲才吐出一些断断续续的字句。

不

母后

我没有

母后

七哥当然懂得我的意思，我看见他脸上的一片亢奋之光渐渐复归黯然，接着他像被利器击中突然跌坐在地上，他抱着头开始低低地哭泣起来，我听见他一边哭一边申诉着他的委屈和怨愤。

为什么这么狠心？我只是随口说说而已，我说把皇位送给岳父有口无心，只是说说而已，为什么要这样惩治我？七哥李哲痛苦地咬着他的衣袖，他说，旭轮，你帮我评评这个理，一句意气之语就该担当如此重罪吗？

我说我不知道，其实我知道七哥的悲剧根源不在于那个话柄，在于他对母后的诸种拂逆，或者说是在于他的那种错误的君临天下的感觉，他以为他是皇帝，他忘了他的帝位也是纸状的薄物，忘了他的背后有比皇帝更强大的母后。我以惺惺惜惺惺的角度领悟了七哥的悲剧，但我无法向悲伤过度的七哥道破这一点，我害怕站在旁边的监卒，他们无疑接受了我母亲的一些使命。

母后，母后，她不喜欢我，她恨我，我不知道这是为什么？七哥的哭诉最后变成一种无可奈何的喃喃自语，他抬起头以泪眼注视着我，旭轮，我此去流放之地，凶多吉少，有生之年不知是否还能回来，也不知道以后还能不能见到你。你是仁慈宽厚之人，如能把帝位坐满二十年，该是我的福音了。

我知道他的话里的寓意，心里竟然一阵酸楚，七哥把他的未来寄望于我，这是他的不幸也是我的不幸，只有我清楚我帮不了他，我无法从母亲手里解救任何人，甚至包括我自己。我对悲哀的七哥能说什么呢？我说，一路上山高水长，多多保重吧。

惜别之日秋风乍起，有无数枯黄的树叶自空中飞临冷宫别院低矮的屋顶，飒飒有声，园中闲置多年的秋千架也兀自撞击着宫墙和树干，秋意肃杀，别意凄凉，我突然意识到洛阳宫里的众多兄弟也像那些树叶纷纷坠落离去，如今就剩下我一个人了，我一个人留在茫茫深宫里，剩下的将是更深的孤寂和更深的恐惧。

我送给七哥一支珍藏多年的竹笛，作为临别赠物，我说，旅途之上，寒灯之下，以笛声排遣心头烦闷。我看见他收下竹笛，放在床榻上，我不知道七哥是否会像我一样爱惜那支竹笛，但不管如何，我已经做了我想做的事，让我的竹笛陪七哥走上贬逐之路。

除此之外，我还能做什么？

二

那支竹笛是多年前诗人王勃给我的赠物，当我把它从箱中取出转赠庐陵王时，我的宫廷生活中的最美好的一部分也将变成虚无的回忆了。

我不想掩饰我与王勃的一段刻骨铭心的友情，人们总是在猜测两个形影不离的男子的关系，猜测他们在床帏之后会干什么样的古怪勾当，但是我可以向列祖列宗发誓，当我和王勃从前抵足而眠时，我们只是谈天说地背诵诗文，或者听风听雨，别的什么也没做，我们不会做古怪的后庭鸳鸯之事，因为我不是深谙此道的六哥李贤，而王勃更不是那个下贱的奴才赵道生。

王勃少年时代诗名远扬，我喜欢他诗作里那种清奇悠远的境界和天然不羁的词句，我第一次读到王勃的诗就击节称叹。当时的东宫学者们对我说，既然相王如此酷爱王勃，何不让他进宫陪相王读书？我说，这个人肯定心高气盛，只怕请不来他。东宫学者们说，小小王勃，怎敢违抗皇命？何况王勃的父兄都在朝廷仕官，如此好事于他们该是求之不得。

是王勃的哥哥吏部侍郎王勮把他领到宫中来的，初见王勃，我惊异于一种诗人合一的奇迹，他的清峻之相和淡然超拔的神情使我顿生敬慕之心。王勮说，我这位兄弟性情狂妄不羁，常有自命不凡的言语，如今侍奉相王读书作诗，凡有冒犯之处，相王尽管严厉责罚。

我听见王勃在旁边朗声一笑，既是陪读陪吟，没有功爵蝇利之争，我怎么会冒犯相王大人呢？

王勮斥责王勃道，堂堂皇地相王府中，轮不到你来卖弄口舌。

我注视着王氏兄弟，一个古板世故，一个轻松灵动，我喜欢的当然是诗人王勃。

王勃客居宫中时斗鸡游戏风靡于王公贵族之中，与我一样，王勃也非常着迷于这种游戏，唯一不同的是我的迷恋是出于深宫中的寂寞无聊，王勃却恰恰喜欢斗鸡的胜负之果，他告诉我看鸡斗与看人斗有相仿的感觉，一样地以饮血落败告终，一样地惨烈而壮观。

那时候我养了八只雄鸡，有的是王勃从宫外精心挑选来的，王勃当时曾为八只雄鸡各赋七律或五绝，可惜是即兴吟成没作记载，他最得意的是一只叫虎头的雄鸡，我也渐渐爱屋及乌地视它为第一宠禽。

七哥周王哲拥有的雄鸡足有三十只之多，他的府邸也因此被母后斥之为鸡府，七哥无可非议地成为宫中的斗鸡王，但是他的所有雄鸡最后都被我的虎头斗败了。

这该归功于王勃，是王勃亲自喂养虎头的，他有一种秘不外传的饲料，每天早晨将谷子在烈酒里拌过后喂鸡，请想象一只饮酒的鸡在撕斗中是如何疯狂善战，这当然是王勃后来告诉我的。我记得七哥摔死他的最后一只宠鸡拂袖而去的恼羞之态，七哥是个计较胜负的人，他恨死了王勃，我为此有点不安，但王勃看着七哥悻悻远去的背影，看着地上五脏涂地的那只败鸡，突然狂笑起来，他把虎头抱在胸前肆无忌惮地笑，其奔放无邪的快乐感染了在场的每一个人。

就是那天早晨，在遍地鸡毛的东宫草地上，王勃斗鸡之兴未散，他对我说，相王，我有文章在口舌之间，不吐不快。我说，必是美文佳构，那就让人备纸墨吧。

那就是王勃在宫中写成的《讨周王鸡之檄文》，后人称为《斗鸡赋》的旷世奇篇。我尤其珍爱其中以鸡喻世的那些妙句：

> 两雄不堪并立，一啄何敢自妄？养成于栖息之时，发愤在呼号之际……于村于店，见异己者即攻；为鹳为鹅，与同类者争胜……纵众寡各分，誓无毛之不拔；即强弱互异，信有喙之独长……

凡是奇文奇篇流传起来总是很快的，我命宫人把《檄文》送到七哥府中，本想博他一笑，孰料七哥对斗鸡的败果仍然耿耿于怀，他阴沉着脸读完王勃的文章，未有半句称扬之辞，反而猜忌王勃是借鸡滋事，挑拨我们兄弟的亲善关系。那个送文章去的小宫人很快捂着脸哭哭啼啼地跑回来，说周王读完文章赏了他一记耳光，我对这个结果哭笑不得，没想到七哥的心胸如此狭隘无趣。

　　我不知道一篇精彩的即兴的文赋会引来轩然大波，父皇不知是怎么读到王勃这篇文章的，令我不解的是父皇勃然大怒，他对文章的理解与七哥如出一辙，父皇说，宫中怎么养了王勃这种鸡鸣狗盗之徒，锦衣玉食喂饱了他，他却作出如此歪文邪赋怂恿阋墙之风，如此胆大妄为，不斩他斩谁？

　　王勃生死危在旦夕，我心急如焚。我想到母后一向爱惜文才之人，立即启奏母后为王勃开脱罪名。母后应允了我的请求，她似乎也对那篇文章钟爱有加，多么好的文章，处处锐气，字字棱角，王勃这样的人可养不可杀。母亲后来微笑着对我说，一篇文章翻不起多少风浪，你让王勃安心在宫中住着吧，只是需要收敛一点他的骄气，他该明白他只是宫中的客人。

是我母亲有力的臂膀使王勃免于一死。当我后来向王勃透露他生死之际的种种细节时，王勃沉默了良久说，你母后是个非凡的妇人，并非是我的知恩之后的溢美之辞，纵观大唐的丹墀后宫，唯有武后的气度和才干可以凌驾一切，皇城之中终将出现牝鸡司晨的奇景壮观。王勃说这番话的时候神色淡然，我知道那是他内心真实的声音，在东宫度过的那些烛光摇曳的夜晚，在昆虫蓬草的和鸣中，我们的谈话无所掩藏，披心沥胆，那是我第一次听别人直言唐宫的未来和母后的未来，它出自我钦慕和信赖的诗人王勃之口，对我产生的作用和影响也是星相爻卦无法比拟的。

几天之后王勃请辞出宫，他要去遥远的交趾省亲，我知道他的父亲王福恩在交趾县丞任上已有数年之久。

当王勃在我门下险遭诛杀之后，我没有理由再把他留下了，另一方面假如王勃甘愿忍辱留在我府中，那他也不成其为诗人王勃了。

别路余千里

深恩重百年

正悲西候日

更动北梁篇

野色笼寒雾

山光敛暮烟

终知难再奉

怀德自潸然

这是王勃给我的赠别诗，诗中的深情厚意奔跃于纸墨之外，我可以扪其脉动和体温，但它却是最后一缕心香了。

我不会忘记洛河桥头的送别，细雨霏霏中洛水河岸两侧薄烟迷蒙，斜柳乱飞，是伤情的别离的天气，我握住王勃的双手在桥头伫立良久，竟然无言以对，一年来我们说了太多的话，临别却只剩下保重二字可说。白木客船早就等在码头上，船公已经解开了缆绳，它们将带着我的好友知己南去，我的心里空空荡荡，不仅是诗人王勃离我远去，一种皇城里匮乏的自由清新的气息也在离我远去，一种纯净美好的刎颈之情也在离我远去。我指着从岸柳上飘落下来的几片碎叶，指着一只嘶鸣着掠过雨雾的孤雁告诉王勃，那就是我的离别心情。

王勃说，相王，那也是我的心情。

我再也没有见过诗人王勃，数月之后有噩耗传入宫中，说王勃渡海前往交趾时坠海亡毙，我不相信，我让差役重复一遍，但差役在重复噩耗时我忽然一阵眩晕，此后便不省人事了。

我醒来的时候看见御医们在榻前忙碌，父皇和母后也被惊动了，他们坐在我身边，用一种焦虑而责疑的目光注视着我。母后亲手用一叶薄荷擦拭着我的额角，我听见她说，醒了，醒了就好。

父皇说，小小的王勃坠海而亡，何至于悲伤至此？

我无法回答父皇的诘问，缄默就是我的抗议。

母后说，王勃诗才盖世，英年早殇固然可惜，但旭轮你不可过于沉溺其中，人死不能复生，世间人情虽断犹存，适可而止算了，父母视你为掌上明珠，你却为一介庶人如丧考妣，我倒想知道等我百年之时你会不会像今天这样悲恸欲绝。

我从母后的言辞中感受到更严厉的谴责，那是她一贯的言辞风格。她的美丽而敏锐的眼睛里有一种锋芒，可以准确地刺向你最虚弱的区域，我因此感到一丝羞愧，但是我不知道我错在何处。

或许我本来就没有什么错误？当皇宫中的人们在女人或男人身上寻找声色之娱时，我却在寻找友情，我在为我与王勃的友情痛悼哀哭，或许这不是错误而是我的造化。

那天洛河桥头的执手相送竟成永别，现在我懂得河上的细雨淋湿的不是那只白木客船，不是桥头离别的两个友人，那天的细雨淋湿的是我对某种友情的永久的回忆。

《滕王阁序》是王勃南下途经南昌时所作，绝笔文章愈见灿烂，我一生中曾经多次誊抄《滕王阁序》，分别赠予我的子孙，我祈愿更多的人诵读这篇传世巨作，更多的人记住我的朋友诗人王勃。

　　豫章故郡，洪都新府；星分翼轸，地接衡庐。襟三江而带五湖，控蛮荆而引瓯越。物华天宝，龙光射斗牛之墟；人杰地灵，徐孺下陈蕃之榻。雄州雾列，俊采星驰。台隍枕夷夏之交，宾主尽东南之美。都督阎公之雅望，棨戟遥临；宇文新州之懿范，襜帷暂驻。十旬休假，胜友如云；千里逢迎，高朋满座。腾蛟起凤，孟学士之词宗；紫电青霜，王将军之武库。

　　家君作宰，路出名区；童子何知，躬逢胜饯。

时维九月，序属三秋。潦水尽而寒潭清，烟光凝而暮山紫，俨骖騑于上路，访风景于崇阿。临帝子之长洲，得天人之旧馆。层峦耸翠，上出重霄；飞阁流丹，下临无地。鹤汀凫渚，穷岛屿之萦回；桂殿兰宫，列冈峦之体势。披绣闼，俯雕甍，山原旷其盈视，川泽纡其骇瞩。闾阎扑地，钟鸣鼎食之家；舸舰弥津，青雀黄龙之舳。云销雨霁，彩彻区明。落霞与孤鹜齐飞，秋水共长天一色。

渔舟唱晚，响穷彭蠡之滨；雁阵惊寒，声断衡阳之浦。遥襟甫畅，逸兴遄飞。爽籁发而清风生，纤歌凝而白云遏。睢园绿竹，气凌彭泽之樽；邺水朱华，光照临川之笔。四美具，二难并。穷睇眄于中天，极娱游于暇日。

天高地迥，觉宇宙之无穷；兴尽悲来，识盈虚之有数。望长安于日下，目吴会于云间。地势极而南溟深，天柱高而北辰远。关山难越，谁悲失路之人？萍水相逢，尽是他乡之客。怀帝阍而不见，奉宣室以何年？嗟乎！时运不济，命途多舛。冯唐易老，李广难封。屈贾谊于长沙，非无圣主；窜梁鸿于海曲，岂乏明时？所赖君子见机，达人知命。老当益壮，宁移白首之心？穷且益坚，不坠青云之志。酌贪泉而觉爽，处涸辙以犹欢。北海虽赊，扶摇可接；东隅已逝，桑榆非晚。孟尝高洁，空余报国之情；阮籍猖狂，岂效穷途之哭？

勃，三尺微命，一介书生。无路请缨，等终军之弱冠；有怀投笔，慕宗悫之长风。舍簪笏于百龄，奉晨昏于万里。非谢家之宝树，接孟氏之芳邻。他日趋庭，叨陪鲤对；今兹捧袂，喜托龙门。杨意不逢，抚凌云而自惜；钟期既遇，奏流水以何惭？

呜呼！胜地不常，盛筵难再；兰亭已矣，梓泽丘墟。临别赠言，幸承恩于伟饯；登高作赋，是所望于群公。敢竭鄙怀，恭疏短引；一言均赋，四韵俱成。请洒潘江，各倾陆海云尔。

三

我常常向我众多的子女回忆我与文人墨客的交往，回忆他们而回避我的皇室家族的历史，对于我是一种保持平和恬然心境的手段。我有六子十一女，我从来不跟他们谈论我的先祖和皇室的历史风云，因为那些故事都沾着或浓或淡的血腥味，作为一个父亲，你怎么在孩子们面前不动声色地藏匿血腥、阴谋和杀戮，它们恰恰是许多朝代的经典，你怎么藏匿？那么你就跟孩子们谈些别的吧。

于是我跟孩子们谈诗文、弦乐、花卉、佛经或者天伦人纲，却不谈李姓家族的人事。孩子们对祖母皇太后很感兴趣，他们问我，祖母皇太后生了四子一女，她最喜爱你，是吗？我说是的，我说我也崇敬皇太后，她是一个举世无双的非凡的妇人。

仅此而已，关于我母亲的故事，年幼的孩子无法理解，而对成器、成美和隆基他们，已经是不宜言传的了。

崇拜、敬畏或者恐惧不足以囊括我对母亲的全部感情，还有什么？我却说不清楚，世人皆说武后最为疼爱幼子旭轮和太平公主，那是我的帝王之家的某种口碑，那是事实，但我想它也不是全部的事实。

另一部分是什么？

我不知道。

我记得幼时和哥哥们在洛阳宫凝碧池采莲戏水的场面，

我母亲面含微笑端坐于画舫一侧，眼睛里标准的母爱之光欣赏着孩子们的稚态，那时候她非常年轻非常美丽，多年以后我重复梦见儿时采莲戏水的场面，奇怪的是梦境已经面目全非，我看见母亲的凤髻上盖着一朵硕大的红莲花，她朝我们走过来，她的手到处捕捉我们，我梦见她把我的哥哥们一个一个推到凝碧池中，最后轮到我了，母亲问我，旭轮，你听不听话？我说我听话，我听母后的话。在梦中我哇哇大哭，但哭不出声音，于是我被吓醒了，我有好几次从这个怪梦中醒来，醒来后总是大汗淋漓。

我想往事回忆和夜半惊梦融在一起才接近于全部的真实，这只是一种设想。

我在二十九岁那年登基即位，成为历史上名存实亡的睿宗皇帝，屈指算来我母亲那年已经五十八岁了，但是我母亲的心比我年轻，比我更富活力，这也是事实，如此说来，我在载初年间三次向母后禅让帝冕也是一种顺理成章的解释了。

侍御史傅游艺率领九百名庶民在洛阳宫前吁请太后登基，这只是一个前奏，我听说第二天为太后登基请愿者达六万余人，其中包括文武官吏、庶民百姓、外国使臣甚至僧人道士，洛阳宫外的街市黑压压地挤满了各色人等，会写字的人都等候在一卷巨轴上签上他们的姓名，亢奋的人群被改朝换代的欲望所激励，颜面潮红，欢乐的呼啸声直送宫城深处。

我听见了外面的声音，我并不感到吃惊，一切都在我的预料之中。

我的儿子成器、成美和隆基匆匆赶到我的宫中，他们的脸上有一种屈辱和愤怒的表情，他们的眼睛里闪烁着几点泪光。

你听见了宫外的狼嗥狗吠声吗，父皇？

我说我听见了，我不为所动。

你听见他们在叫嚣什么，他们要祖母登基，他们要改朝为周，他们要为父皇改姓为武，父皇你听见了吗？

我说我听见了，那是民心所向，百姓爱戴拥护你们的祖母，那是她的荣耀和福祉。

隆基先哭叫起来，父皇，难道你不明白那是阴谋，那不是民心，是祖母一手操纵的吗？

我用一种严厉的目光制止了隆基，他们毕竟还是孩子，他们对现实的理解似是而非。我很难向孩子们阐明我的处境，于是我对儿子们说，你们都给我回去，读书，写字，那是你们该做的事，父皇自然会处置父皇的事情。

儿子们走了，留下我和我的后妃静坐于厅堂之上，香炉里的一缕青烟仍然在袅袅上升，斑竹在窗外婆娑摇曳，廊下的鹦鹉在远处隐隐的声浪冲击下重复着一句话，陛下安康，陛下安康。

我忽然笑出了声，我的后妃们一齐茫然地望着我的笑容。皇后疑疑惑惑地提醒我，陛下，你刚才笑了。

我说为什么不让我笑，万事休矣，我现在觉得身轻若燕。

沉重的帝冕即将从我的头顶卸除，那是许多人梦寐以求殊死拼抢的帝冕，它的辉煌和庄严无与伦比，对于我却是一个身外的累赘，或者只是一种虚幻的饰物，现在我要将它恭敬地赠让给我的母亲，我想那不是我的驯服，那是不可逆转的天意。

我三次向太后请求退位，前两次太后没有应允，太后王顾左右而言他，我知道那是让位者与受位者必须经过的拉锯回合，我记得母亲在谈论凤凰和朱雀的时候，脸上出现了一种犹如豆蔻少女的红晕，目光像温泉在我身上流转生辉，那也是我以前很少在母亲脸上发现的脂粉之态。

第一次母亲与我谈凤凰，某朝吏上奏说有只凤凰突然从明堂飞起，朝上阳宫屋顶上飞去，之后又在左肃政台边的梧桐树上盘桓片刻，最终往东南方向飞去了。母亲说，你那里有人看见那只凤凰吗？我说我的寝宫离此太远了，宫人们可能不容易看见那只凤凰。我说没人敢给母后递呈伪奏，既然上了奏那他肯定是真的看见了凤凰。

第二次母亲与我谈朱雀，她说昨天罢朝时许多朝臣看见含风殿顶上栖满了朱雀，大约有万只朱雀，像一片红霞倏而飘走了。那么多臣吏都看见了朱雀，我想不会有讹，母后的眼睛里流露出一种欣悦的光芒，她说，你知道吗，朱雀苍龙白虎玄武同为天上四灵，如今凤凰刚刚飞去，朱雀又下凡于宫中，这是百年罕见的大喜之兆呀。

我颔首称是，从老妇人的凤凰和朱雀的故事里透露了一个更为重大的消息，让位与推辞的回合就要结束了。

果然母后在第三次接受了我的禅让，第三次我用一种疲倦的声音向老妇人宣读了退位诏书，宣诏的时候我真的疲倦极了，唯恐她再次以凤凰朱雀之典延长我心绪不宁的日子。但我终于看见母亲放下了她的紫檀木球，她从凤榻上缓缓站起来，以一种雍容优雅的姿态接过了诏书，我看见母亲向我屈膝行礼，她说，万民请愿，皇上下诏，我已面临天意之择，倘若再度坚辞必受天谴，谨此服从圣谕，为天下万民拜受天命。

我听见了一种神秘的重物落地的声音，一瞬间是虚脱后的疲倦和安详，然后便是那种身轻若燕的感觉了，我想起母后手中的那份诏书是我登基以来的唯一的诏书，竟然也是睿宗皇帝的最后一次诏书。

这没有什么可笑的，世人皆知我是一个奇怪的影子皇帝。

女　皇

一

　　九月九日艳阳天，女皇驾临洛阳宫正门则天门，钟鼓长鸣万众欢呼之间，洛阳城四周百里之地都感受到了吉祥的氤氲紫气，女皇武照已经以弥勒菩萨之态横空出世，巍巍大唐忽成昨日颓垣，周朝之天重新庇护千里黄土和人群，所有对现实无望的人都沉浸在改朝换代的喜悦中。

　　往事如烟如梦，六十三岁的女皇站在则天门上，依稀看见自己的婴儿时期，看见亡父武士彟的手轻抚婴儿粉红的小脸，快快长大吧，媚娘，有人说你将来可成天下之主。女皇的眼睛里溢满了感激的泪水，感激父母给予的生命，感激六十年前那个美妙的预言，感激皇天后土容纳她走到今天，

195

走到则天门上，这已经不再是梦，梦想的时代已经过去了，则天门下的文武百官和更远处静观大典的洛阳市民蚁伏在她的脚下，天空蔚蓝清明，红日喷薄东升，这是她登基称帝的吉日良辰，这是真的。女皇的双唇颤动着，她说，天命，天命，是天命。

人们后来习惯于称女皇为则天皇帝。

女皇登临则天门时使用的粉霜几乎遮盖了她的所有皱纹和老态，洛阳百姓看见的是一个红颜长驻永不衰老的妇人。那种粉霜是太平公主呈奉给母亲的。据说那种粉霜主要由南海珍珠和西域野花提炼而成，提炼过程和地点秘不示人，享用者仅女皇一人，当时的宫廷贵妇偶尔从女皇处获赐那种装在玉盒里的粉霜，则是至高无上的天宠了。

说起太平公主，连街头乞丐也知道那是女皇的至爱，有幸睹得公主芳容的人知道她的面目酷似其母亲，性情之刚烈直追女皇，唯一遗憾的是学识胆略只能望其母项背，太平公主的锦绣年华是都用在研制脂粉蔻丹上了。人们记得太平公主当初下嫁薛绍时，高宗武后给她的封地粮仓之大不输她的哥哥们，载满嫁妆的车辆在洛阳的坊区前足足走了两个时辰。驸马薛绍后来莫名地卷入越王贞的谋反案，死于狱中，武后就把做了寡妇的公主接回上阳宫与她同住，几乎有两年时间，太平公主依然像孩提时代一样撒娇于母亲膝前，而慈爱的母亲提起女儿不幸的婚姻常常有一种负疚之痛。在母女独处于上阳宫的一些午后时分，太平公主用金锤亲手敲着松仁或核桃仁，为母亲准备点心，而母亲望着女儿日见沧桑的脸容，心里想着该给她选择一个新的驸马了。

新的驸马是女皇的侄子武攸暨。

武攸暨那时刚刚随姑母登基而受封为定王，据说定王武攸暨对上阳宫母女的计划浑然不知，他也不知道自己在太平公主的心目中是一位称心如意的俊秀儒生。武攸暨有一天在衙门里忽闻家僮前来报丧，说其妻郑氏暴毙于家中，武攸暨记得他早晨离家时妻子还倚门相送，怀疑家僮口误，一扬手就给他一记耳光，家僮哭着说，夫人真的暴毙了，郎中来过说没救了。武攸暨心急火燎地奔出官衙，看见外面停着一辆宫辇在等他，武攸暨也没来得及问什么就上了车，上了车发现宫辇不是在回他的定王府，而是径直地往后宫驶去。武攸暨叫起来，不是这条路，送我回定王府。驾车的太监却回过头微笑着说，是这条路，是圣神皇帝召你去上阳宫。武攸暨疑疑惑惑地问，现在召我进宫？不会弄错吧？驾车的太监说，怎么会有错？圣神皇帝的圣旨怎么会有错？

武攸暨叩见女皇时仍然心猿意马，那是他第一次单独面对伟大的姑母。武攸暨脸色煞白，他不知道这天蹊跷的遭遇对他是祸还是福。

听说你妻子暴亡，是怎么回事？女皇说。

刚闻噩耗，正要回府查询。

既是暴亡，想必是误食了毒物，人死不能复生，怎么查也是无济于事的。依我看你还是节哀为本。女皇又说。

武攸暨想说什么，但他发现女皇双眉紧蹙，似乎不想听他作任何表白，女皇正在以一种跳跃的节奏和点到为止的语言把她的旨意和盘托出。

女皇说，我听说郑氏出身寒门无甚妇德，她现在暴毙或许倒是成全了你，武门一族中我最器重你，有意栽培又怕承嗣、三思他们有所不平，现在有机会了，你知道我要给你什么吗？女皇突然微笑起来，她拍了拍手，回过头望着锦帷后面，孩子出来吧，见过你的新驸马。

锦帷挑开之处，浓妆盛装的太平公主的脸上有一种骄矜和羞窘的神情，但她朝武攸暨投来的是匆匆的灼热的一瞥。太平公主很快便将金枝玉叶之体闪入帘帷后面，武攸暨最后看见他的如意佩玦在眼前掠过一道刺眼的白光。

攸暨，我已经做主把公主许配给你。

武攸暨的脑子里突然一片空白，他只是凭着下意识屈膝一跪，甚至来不及思索飞来艳福与妻子暴毙之间的因果关系。微臣谢皇上大恩。武攸暨白净俊秀的脸因为惊梦似的变故而扭曲了，额上渗满了豆大的汗珠。

太平公主的再嫁当时是长安与洛阳街谈巷议的话题，毋庸置疑的是人们对武攸暨发妻死因议论纷纷，有传言说太平公主差人毒死了郑氏，而且是把砒霜硬塞进她口中的，定王府里有人听见了郑氏的尖叫和挣扎声。另一种含蓄的说法则把策划者指为女皇，是一种用眼神和默契交流的看法。人们知道女皇深爱唯一的嫡出之女，杀死一个郑氏为公主谋得一个如意郎君，这样的宫廷故事也在常规之中。

另外一些有识之士则看重公主再嫁的政治意义，此次太平公主嫁入武门，武家的权势更露百尺竿头的端倪，女皇登基武姓鸡犬升天，连远居乡野者也免除徭役，天下真的归于武姓了，如此看来太平公主的再嫁便也是女皇偌大的棋盘上的一粒棋子了。

女皇身着紫袍头顶金幞坐在朝殿上，文武百官现在可以清晰地看见在紫帐后藏匿多年的天子仪容，丰腴而清丽，温和而威严，亦男亦女，亦真亦幻，诚如坊间的善男信女所说，女皇是弥勒菩萨降世。

朝臣们注意到女皇对佛教的感激，感激很容易变成一种真诚的尊崇，当女皇敕令在全国各地建造大云佛寺，当女皇向十名高僧赠送爵位和紫袈裟时，朝臣们知道女皇将领导一个佛先道后的时代，而李姓大唐所尊崇的道先佛后的风气便成为一本旧皇历了。

当来俊臣奏告凤阁侍郎任知古、冬官尚书裴行本等七人谋逆复唐之罪时，女皇沉浸在一种慈悲为怀垂怜生命的情绪中，女皇轻启朱唇说，敕罪，古人以杀止杀，我现在要以恩止杀。朝臣们纷纷赞颂天子圣德仁慈的胸怀。但是几天后女皇的又一道敕令却令人瞠目，为了奉行佛教不杀生的信条，女皇禁止所有的臣民捕杀牲灵以飨肚腹，而且女皇告诉朝臣们，她的素食生活已经开始多日了。

这条敕令意味着禁止食肉，不管是猪羊牛肉还是狩猎来的鹿肉和飞禽之肉，这使素喜肉肴的官吏们无所适从，要知道许多人是不能不吃肉的，但女皇似乎不知道他们的痛苦，女皇似乎是以弥勒菩萨的姿态下了这道敕令，集市上的禽畜一时无处可寻，数以万计的人都被世俗的食欲折磨得痛苦不堪，不满和怨恨便像苦涩的菜蔬在人们的腹中滋长，信佛便信佛吧，为什么还强求人们的胃口一致？便有人偷偷地杀生吃肉，这些人主要有两条依据不怕治罪，第一是太平公主豪宅后面每天仍然倾倒出鱼骨肉骨之类的垃圾，第二便是以子之矛攻子之盾的辩护，既不杀生焉可杀人，偷吃几筷肉天子是不会杀你头的。

据说禁肉敕令在一个月后就名存实亡了，人们都心照不宣地偷偷食肉，女皇毕竟年事已高，虽然说纶言如汗，但她毕竟不会派人挨门挨户窥查人们的饭桌，更重要的是新周朝旭日初升，有许多比禁肉食更重要的事留待女皇明察秋毫。

天授二年元旦，女皇在万象神宫举行了盛大的即位大典。人们在神宫前看到了称为大赤的那面皇旗，一种鲜艳如血的红色，没有缨络花饰，只在旗杆上雕有一枚流金溢彩的龙头，那是仿照古周之礼竖立的皇旗，但是仰视大赤之旗的人们并没有悠悠思古之情，他们各怀心事目光闪烁不一，女皇的红旗在他们的目光下朝八种不同的方向猎猎起舞。

人们当然也看见了红旗下的女皇，女皇已经正式使用圣神皇帝的称号，她的神秘的粉霜依然遮住了苍老和倦容，她的眼神在红旗和华盖下顾盼生辉，一些隐蔽的旧唐忠臣不无沮丧地想，那个老妇会不会死？那个老妇真的是弥勒菩萨永远不死吗？

不老的女皇以社稷之土撒向神宫前的圣坛，以此定洛阳为大周首都，七百里以外的长安尊为陪都。

元旦这天万象神宫飘浮在一片节日的香火之中。大亨之礼延续一天一夜。

祭祀天神。

祭祀日神。

祭祀月神。

祭祀风神。

祭祀雨神。

祭祀土神。

祭祀河神。

祭祀五岳之神。

祭祀所有的神。

二

　　女皇对臣僚们尔虞我诈人人自危的处境充满了怜惜之情。女皇赦免了狄仁杰和魏元忠的造反之罪，狄仁杰以清廉、公正的官风深得民心，魏元忠则是一名狂放不羁胆大包天的三朝老臣，事实上他们对新皇朝的抵触情绪连女皇本人也有所察觉，但是女皇对杀人杀红眼的来俊臣说，狄卿不杀，魏卿亦不杀，把他们贬逐出京就行了。来俊臣大惑不解，他不理解女皇为何一改昔日雷厉风行不留病草的作风，他不相信这个妇人真正立地成佛，似乎是为了回答来俊臣的疑问，女皇又说，我知道狄仁杰和魏元忠的心属于李唐不是属于武周，但是一个是屈打成招，一个是死不认罪，如此诛杀老臣何以树立清明之政？他们已垂垂老矣，翻不了天啦。女皇的唇边是一种淡淡的智性的微笑，最后她用一种调侃的语气对来俊臣说，我也知道你杀人杀红了眼，但我现在不要杀人，我要清明与祥和，是收起血刃的时候了。

　　但是当左金吾卫大将军丘神勣被仇敌控有叛志后，女皇却立刻救许处死了。丘神勣的结局似乎更加令人费解，旁观者们记得女皇从前是常常委派丘神勣以重任的，已故的太子贤就是被丘神勣逼上梁绳的，人们心情忐忑猜测着个中原因，唯一的解释似乎是过河拆桥，丘神勣之辈是废笔用过便扔了，女皇的心中自然一片明镜，或许她对从前的那些走卒一向是视为狗犬的。

女皇到底如何下她的棋？

女皇是否还想继续下她的棋？

谁也说不清楚，或许要问女皇自己。

朝衙内你死我活的争斗已经到达血腥的巅峰，告密之风愈吹愈猛，最后吹向风源的制造者本人，不断有人密奏酷吏们的罪状，游击将军索元礼首当其冲，文武百官视索元礼为虎狼之辈酷吏之首，对其宿怨已深，当上官婉儿向女皇转述朝臣们对索元礼的弹劾之奏时，女皇说，那个波斯人形似虎狼，性情残忍则甚于虎狼，现在该是为百官出气平愤的时候了。

上官婉儿说，只是现在还没有人告索元礼，有人敢告丘神勣，却没有人敢密告索元礼罪状。

女皇笑起来，她说，那还不好办？让来俊臣来办索元礼的案子，来俊臣在这方面是本朝第一天才。让恶犬去咬疯狗吧，我现在该把狗笼子清扫一下了。

来俊臣不负女皇之望，他给原先的同僚罗织了十一条罪状，深夜潜入索元礼府第逮捕了那个名噪朝野的游击将军索元礼，未让他有任何抗拒的机会，当即取下了首级。第二天便有洛阳倾城争看索元礼悬头示众的热闹场面，消息传到宫中，女皇颇感欣慰，她对早朝上的文武百官说，我不喜欢杀人，但索元礼不杀不足以平民心，既然百姓如此快活，处斩索元礼也就做好了。

后来女皇就从大堆告密信中发现了两封告文昌右丞周兴的信，说周兴是丘神勣谋反的同案犯，因为位居要职消息灵通而成漏网之鱼，那时周兴刚刚从刑部尚书一职升为三品文昌右丞，春风得意踌躇满志。女皇疑惑地说，告密而获功禄者中周兴最具才学，我也对他不薄，他有何理由来反我？上官婉儿说，密告信鱼龙混杂真伪莫辨，此事似乎要弄清罪证以后再作结论。女皇又问，你看调查周兴之案谁最合适？上官沉思片刻，突然笑着说，还是让恶狗对恶狗吧，陛下不妨继续静观来俊臣身手如何，女皇也笑起来，正合朕意，不知怎么碰到这类事就先想到来俊臣。

来俊臣身手如何？其实无须赘述，单凭后世流传的请君入瓮的出典，已经足够证明来俊臣在逼供诱供方面的天才了。

据说来俊臣与周兴私交甚笃，因此周兴无所戒备地赴了来俊臣的酒宴。

事情当然发生在周兴酒意熏脸之时，周兴听见来俊臣在向他讨教对付拒不招罪的囚犯的办法，来俊臣说，我手下有一个囚犯，明明有造反之嫌，却死不伏罪，一些皮肉之苦也奈何不了他，周卿饱学博识，能否传授一条良计妙策让他伏罪？周兴就挥了挥手说，你准备一只大瓮，瓮边围上炭火，让他蹲在里面，不消半个时辰，铜人铁汉也不得不招，来俊臣连连点头，吩咐手下说，听懂了吗，就按照周大人说的做。过了一会儿，来俊臣突然问，周卿想随我去观望瓮中囚犯吗？周兴说，不妨一睹为快。

周兴随来俊臣来到伙房里，看见来家的仆人已经搬出大瓮，架好了炭火，周兴伸出头朝瓮口望望，他说，囚犯呢？这时候他看见了来俊臣唇边的一抹冷笑，来俊臣朝大瓮伸伸手对他说，请君入瓮。

周兴目瞪口呆，酒意全消，直到此时他才意识到来俊臣安排的是鸿门宴，人心险恶至此，连周兴也猝不及防，他木然地看着来俊臣从袖中取出女皇的诏命，而紫袍黑靴上已经有大瓮的热气微微灼烤着，周兴的七尺之躯突然就软瘫下来，在绝望中他叩头伏罪，并且伸出一只手抱住了来俊臣的大腿。

周兴在来俊臣为他准备的招供书上画了押，画了押就是死罪，但女皇说周兴曾为新王朝效力，开恩免其死罪流放岭南。蹊跷的是披枷戴锁的周兴刚出洛阳地界便遭人伏击，几个蒙面者在山道上突袭了那支流放者的队伍，押送的士卒逃上山坡，回头一看周兴已成无头之尸躺在血泊中。

蒙面者身份不明，但是死者已从紫袍高官沦为枷下苦囚，也就没有人去追问那个躲在幕后的策划者了。或许死者周兴的幽灵会出现在来俊臣的宅第里，但这只是人们的一种猜想，就像传说女皇是弥勒菩萨转世一样，开始有传说来俊臣本非肉胎凡人，他是魔鬼恶煞在人间的化身。

宰相们知道女皇一直为皇嗣之事忧心忡忡。大周王朝一旦创立，睿宗李旦也被赐武姓，以太子的身份隐居东宫，太子旦作为女皇的皇嗣顺理成章，但宰相们认为女皇恰恰为百年之后幼子即位深深忧虑着，女皇心如明镜，她应该知道那时候武旦将重新变成李旦，而武家的大周也一定会像昙花一现，大唐王朝必定卷土重来，这样的忧虑女皇难以启齿，但是宰相们却从她的片言只语和反复无常的情绪中感觉到了。凤阁舍人张嘉福想女皇之所想，他揣测女皇有立武承嗣为皇嗣之意，因此策划了一个铤而走险的另立太子的计划。

于是便有了洛阳人王庆之率领市民三百人请愿另立武承嗣为太子的新闻。请愿书递至女皇手中，女皇神色淡然不置可否，她分别召来文昌右相岑长倩和地官尚书格辅元询问此事，岑长倩和格辅元都觉得另立太子的请愿是无稽之谈，岑长倩则请求对王庆之及幕后人严厉处罚，而格辅元列举出无端废除太子旦对政局的种种不利，他们注意到女皇脸上渐有难堪之色，女皇突然打断格辅元的滔滔之言，她说，难道我说过要废除亲生儿子的太子之冠吗？你们的陈词滥调不听也罢，听了反而让我心烦，你们给我退下吧，皇嗣之事我还需斟酌，自然会有妥帖的定夺。

岑、格二臣对女皇莫名的火气深感惶恐和郁闷，岑长倩对格辅元说，皇上对我们发什么脾气？难道她真的要废掉亲子立侄儿？格辅元说，天知道，大概她自己也踌躇两难吧。

两位老臣或许没有料到他们在女皇面前的言论很快传到

了武承嗣耳中。武承嗣对他们的多年积怨如今已到了非置其于死地而后快的地步了。灾难降临的时候岑长倩已在率军征讨吐蕃的途中，他不知道后院失火，儿子灵原已在严刑拷问下说出了他家中的一次聚会的内容，那次老臣的聚会对武承嗣的野心口诛笔伐，对女皇过多封荫武门也颇多讥讽攻讦。武承嗣和来俊臣的鬼头大刀已经在他和格辅元、欧阳通等老臣的身后测试刀刃。岑长倩在西行途中接到朝廷命令回马返京，他没有想到疲惫的归程就是死亡之路。当来俊臣的捕吏在洛阳城门外挡住他的马时，岑长倩终于明白过来，绝望和求生的本能使他狂叫起来，滚开，让我去见圣神皇帝。而来俊臣发出了数声冷笑，他说，是圣神皇帝下诏逮捕你，你一心叛变大周匡复唐朝，居然还有脸去见皇帝陛下？

那时候地官尚书格辅元和中书舍人欧阳通刚刚锒铛入狱，皇家大狱的狱卒们又看见奉命西征吐蕃的岑长倩被押进了密室，岑长倩不知怎么吐掉了嘴里的口枚，他的怒骂声响彻大狱幽闭的空间，武承嗣算什么东西，他要是做了皇嗣天诛地灭。

女皇后来对诛杀岑长倩等朝臣之事流露了悔意，更重要的是她被皇嗣之事搅得心烦意乱，不想听见任何人提及武承嗣的名字。那个率人请愿的王庆之曾得到女皇的一份手令，可以随时进入宫门请见皇上，但当王庆之屡屡前来上阳宫时，女皇又对这个不知深浅的市井草民厌恶起来，她让凤阁侍郎李昭德把王庆之杖打出宫，李昭德一向对王庆之这样的投机献媚者深恶痛绝，获此密令心花怒放，干脆就把王庆之杖死于宫门前，回来禀奏女皇说王庆之已被清除，他以后再也不会来烦扰皇上了。

女皇说，是不是把他打死了？

李昭德说，刑吏们下手重了些，不小心打着了他的后脑。

女皇沉吟了一会说，切记不要随便伤人。不过那个王庆之也确是可憎，给他梯子就上房顶，我还没到寿限呢，我不要听一介草民老是在耳边聒噪皇嗣之事。女皇叹了口气注视着凤阁侍郎李昭德，忽然间，李卿在此事上是否也有谏言？

可谏可不谏。李昭德的回答显露了他机智的轻松的风格，他说，皇帝陛下一贯以贤德智性使微臣敬叹，立谁为皇嗣本是陛下的胸中成竹，臣子们又何须为此饶舌？况且陛下与太子旦母子情深从无嫌隙，子承父业为天伦常纲，子继母位也是顺理成章。

何以见得？女皇打断了李昭德，她的温和鼓励的目光中无疑多了点警惕和戒意。

当初高宗皇帝把江山社稷托付给陛下，万一把天下传给武承嗣，高宗天皇必然不会接受血食祭祀。更何况人世间心心相隔，父子亦然，母子亦然，又何况姑侄呢？

凤阁侍郎李昭德的最后一番话打动了女皇的心，提到已故的高宗女皇的眼睛里沁出一点老泪，她朝李昭德赞许地点着头，李卿一言胜过百官千谏，这些年来我广纳才俊野不遗贤，但是能像李卿这样一语中鹄的人却寥寥可数。

李昭德从此成为女皇的红人，也成为武承嗣的仇敌和别的宰相妒嫉的对象，这当然是李昭德自己的事，女皇无暇顾及这种事情，女皇很快又陷入新的烦恼中了。

新的烦恼来自女皇的第一个男宠薛怀义，那时候御医沈南璆在为女皇诊脉问病之后已成女皇床上新欢，白马寺里的薛怀义被失意和妒火折磨着，有一天他对寺里的和尚说，不要以为我是想用就用想扔就扔的驴鞭。我是玉皇大帝下遣的天兵天将，就是宫里的皇帝老妪也奈何我不得，只要我愿意，只要我吹一口气，洛阳宫就变成一片焦土。

白马寺的僧人们认为薛怀义是犯疯病了，有人将他的反常奏告宫中，女皇对此一笑置之，本来就是个疯和尚，从小胡言乱语惯了，不必跟他认真。女皇又说，不过也别小觑了疯和尚，当初他奉命修建明堂也是功勋卓然的，没有超过限期，也没有多花国库一文钱。奏告者从女皇的话语中感受到某种缘于旧情的袒护，也就不敢对薛怀义稍有造次。

几天之后便发生了那场吓人的火灾。是一个狂风之夜，值夜的宫人们突然发现万象神宫的天顶上冒出了一片火焰，火借风势很快蔓延开来，整个宫城被火光映红了，巨梁哗啪焚烧之际夜空亮如白昼。惊慌失措的宫人们倾宫而出，用一盆盆水浇灭了朝四处扩散的数条火龙，但万象神宫却是保不住了，人们眼睁睁地看着它的九条巨龙檐头被火焰吞噬，九只金凤的双翅飘然飞离它的枝头，一座惊世骇俗的神圣殿堂在黑风红火中慢慢倾颓，在黎明时分终于化为一堆温热的废墟。

受惊的宫人们没有想到谁是纵火犯，许多人怀疑那是神明显圣的天火。

上阳宫里的女皇也看见了明堂的巨火，女皇被上官婉儿搀扶着望着那一片火光，起初还能镇定，但看到后来她的身体便左右摇晃起来，宫人们急忙把她扶回宫中。女皇面色煞白地躺在龙榻上，她说，婉儿，是天谴吗？婉儿说，陛下不必多虑，依我看是有人故意纵火。女皇忽然悲伤地转过脸去，我知道是谁纵火，是那个该死的疯和尚。女皇几乎是呻吟着自语，是我把他宠坏了，他居然敢烧皇宫，他居然把万象神宫烧掉了。

匿藏于白马寺的纵火者已经引火烧身，但是薛怀义仍然半疯半狂地酣睡着。有一天白马寺来了位不速之客，是太平公主的侍女赵娟儿，赵娟儿来请薛怀义赴瑶光殿公主的便宴，薛怀义就哈哈大笑道，我与太平公主情谊甚笃，她来请我自然要去，去又如何，皇上不忍杀我，公主便舍得杀我吗？

薛怀义不知道太平公主是受母亲之托去除他这条祸根的。薛怀义之死极为奇异生动，据说他死于二十四名宫婢之手，二十四名宫婢从瑶光殿的花丛里扑出来，用一张大网罩住了那个恃宠卖疯的和尚，然后跑来了十五名壮士，十五壮士每人持一木棍，朝网中人各击一棍，薛怀义便悄无声息一命呜呼了。

后来太平公主咯咯笑着向母亲描述了薛怀义在网中挣扎时的情景，但是女皇厉声喝止了太平公主，别再提他了，女皇说，那个疯和尚让我恶心。

女皇登基以来一直频繁做着改元换代之事，到了证圣元年，女皇对此的想象力已临登峰造极之境，这一年女皇将年号改为天册万岁，并自称天册金轮大圣皇帝。

人们不习惯这些浮华古怪的谥号，但是这并不重要，重要的是女皇喜欢变化，女皇愈近老迈愈喜欢新的变化，许多臣吏失望地发现，他们献媚于女皇的脚步永远赶不上她奇思怪想的速度。

宫廷群臣仍然在女皇身边上演着明争暗斗你死我活的好戏。铁腕宰相李昭德的好时光并不长久，不仅是来俊臣、武承嗣，许多朝廷重臣都对内史李昭德充满了反感、嫉妒和憎恨，女皇在不断听到群臣弹劾李昭德的谏奏后，终于将其贬迁岭南，与此同时受贿案发的来俊臣也被赶出了京城。

人们说假如李、来二臣如此老死异乡也算个圆满的结局，但两年以后女皇恰恰把他们召回京都，分别任职监察御史和司仆少卿。冤家路窄的较量由此开始。据说是李昭德先发现了来俊臣比以前更严重的索贿罪证，正欲告发时来俊臣却先下手为强，来俊臣与李昭德的另一位仇人秋官侍郎皇甫丈备联手诬告李昭德的反心，先把李昭德推入了大狱。假如来俊臣就此洗手，或许也能免其与李昭德殊途同归之运，但来俊臣无法抑制他复仇与杀人的疯狂，来俊臣还想除掉武承嗣及武氏诸王，他与心腹们密谋以武承嗣逼抢民女为妾之事作突破口，一举告发武氏诸王的谋反企图，但一个叫卫遂忠的心腹却悄悄把消息通报了武承嗣。于是一个奇妙的连环套出现了，武氏诸王采取的是同样的先发制人的手段，他们发动了司刑卿杜景俭和内史王及善数名朝臣上奏女皇，请求对索贿受贿民愤极大的来俊臣处以极刑。

据说女皇那段时间寝食不安，情绪变幻无常，对于李昭德和来俊臣的极刑迟迟未予敕许。她对上官婉儿说，这两个人都是我的可用之材，杀他们令我有切肤之痛，可是不杀又不足以平息群臣之心，我害怕杀错人，我得想个办法知道谁该杀谁不该杀。上官婉儿说，这可难了，群臣对任何人的评价都是众口不一，难辨真伪。女皇沉默了一会儿说，或许只有杀鸡取卵，把两个人杀了弃市，让百姓们面对尸首，他们自然会有不同的反应，好人坏人让百姓们说了算。

于是就有李昭德和来俊臣同赴刑场的戏剧性场面。适逢乌云满天燠热难耐的六月炎夏，洛阳百姓在雷鸣电闪中观看了一代名臣李昭德和来俊臣的死刑。他们记得李、来二臣临死前始终怒目相向着，假如不是各含口枚，他们相信会听到二位死犯最后的精彩的辩论或攻讦。

刀光闪烁处人头落地，豆大的雨点朝血腥的刑场倾盆而下，执刑的刑吏们匆忙到檐栅下避雨，一边静观百姓们对两具尸首的反应。他们看见围观的人群突然呼啸着涌向来俊臣的尸首，许多男人撩开衣服朝死尸撒尿，更有几个服丧的妇人哭号着去撕扯来俊臣的手脚。刑吏们心惊肉跳，转而去看李昭德的尸首，雨冲刷着死者的头颅和周围的血污，没有人去打扰他的归天之路，后来有两个老人拿了一张草席盖在李昭德的尸首上，刑吏们听见了两个老人简短的对话，一个说，李昭德是个清官。另一个说，我不知道他是清官还是贪官，我光知道是他修好了洛水上的中桥。

后来执刑官向女皇如实禀奏了刑场的所见所闻，女皇听后说，来俊臣杀对了，再施赤族之诛以平百姓之怒。过了一会儿女皇又说，李昭德为小人所害，我也深感痛惜，择一风水吉地为他修个好墓地吧。

三

美少年张昌宗于万岁通天二年进入上阳宫女皇的寝殿，他是太平公主从民间寻觅到的一味长生不老的妙药，太平公主坚信苍老的母亲会从少年精血中再获青春活力，她把张昌宗带进母亲的宫中，就像携带一样神秘珍贵的礼物，而女皇一见面前这位玉树临风的少年，淡漠慵倦的眼睛果然射出一种灼热的爱欲之光。

女皇把这件活的礼物留在了宫中。

这一年张昌宗十八岁，他像一条温驯可爱的小鱼轻啄女皇干滞枯皱的肌肤，柔滑的善解人意的云雨无比美妙，女皇脸上的风霜之痕被一种奇异的红润所替代，她从枕边少年的身上闻到了某种如梦如幻的气息，是紫檀、兰麝与乳香混合的气息，它使女皇重温了长安旧宫时代那个少女媚娘的气息，它使女皇依稀触摸了自己的少女时代，这很奇妙也令女皇伤感，因此女皇在云雨之后的喜悦中常常发出类似呻吟的呼唤声，媚娘，媚娘，媚娘。

张昌宗后来知道媚娘是女皇的乳名。

美少年张昌宗在上阳宫里如鱼得水，伺候一个老妇人的床笫之事在他是举手之劳，因此得到的荣华富贵却是宫外少年可望而不可即的，张昌宗进宫五天便被女皇封为银青光禄大夫，获赠洛阳豪宅、奴婢、牛马和绢帛五百匹。张昌宗有一天回到他的贫寒之家，看见他哥哥张易之正在抚琴弄乐，张昌宗对他哥哥说，别在这里对墙抚琴了，我带你进宫去见女皇，你擅制药物精通音律，风月之事无师自通，女皇必定也会把你留在宫中。张易之问，也会封我光禄大夫吗？张昌宗就大笑起来说，不管是光禄大夫还是光福大夫，封个五品是没有问题的。

女皇果然对张易之也一见钟情，张易之果然在入宫当天就被封为四品的尚乘奉御。

从这一年的春天起，张氏兄弟像一对金丝鸟依偎在女皇怀里，上阳宫的宫婢们常常看见弟弟坐在女皇的脚边，哥哥倚在女皇的肩上，落日晨星式的性事使宫婢们不敢正视，她们发现苍老的女皇春风骀荡，她正用枯皱的双唇贪婪地吮吸张氏兄弟的青春汁液。

谁也不敢相信，女皇的暮年后来成为她一生最美好的淫荡时代。有人以一种超越世俗的论调谈论女皇的暮年之爱，与太平公主的初衷竟然如出一辙，女皇对床笫之欢历来看得很轻，张氏兄弟不过是她的长生不老之药。

女皇有一天做了一个怪梦，梦见一只鹦鹉好不容易逃出樊笼，双翅却突然垂断了，梦见那只鹦鹉在花泥风雨里痛苦地鸣叫着，却不能飞起来。女皇梦醒后一阵怅惘，她依稀觉得这个梦暗含玄机，把梦境向榻前的张家兄弟细细陈述，张易之的回答不知所云，张昌宗则自作聪明地叫起来，陛下，一定有小人想谋害我们兄弟。女皇忍俊不禁地笑起来，在张昌宗的粉脸上拧了一把，胡诌，女皇说，我虽然疼爱你们兄弟，但我梦见的鹦鹉双翅却万万不会是你们兄弟。

前朝老臣狄仁杰那时历经沉浮恢复宰相之职，狄仁杰不知道女皇召他入宫是福是祸，他记得女皇那天的表情异样，而且她第一次不施浓妆地暴露在臣相面前，憔悴、枯瘦、白发苍苍，她的宁静而疲惫的目光告诉狄仁杰这次召见非同寻常。

女皇说，狄卿你素来擅长解梦，能否为我化解一个怪梦呢？

狄仁杰觉得蹊跷，他从来没有解梦的特长，但当女皇紧接着陈述鹦鹉之梦时，狄仁杰明白了一切，狄仁杰说，臣以为陛下梦中的鹦鹉就指陛下圣身，两只翅膀可以拆解为两名皇子，庐陵王哲和太子旦。

女皇说，可是我梦见鹦鹉的双翅折断了，鹦鹉怎么也飞不起来。

狄仁杰说，臣以为鹦鹉要飞起来必须先扇动双翅，或许现在是陛下召回庐陵王择定皇嗣的时候了。

狄仁杰看见女皇的脸上浮出一丝辛酸而欣慰的微笑，女皇的微笑意味着她在皇嗣问题上终于做出了众望所归的抉择，而武承嗣或武三思之辈对帝位的觊觎也终成泡影，狄仁杰因此与女皇相视而笑，但他紧接着听见女皇的一声幽深的喟叹，呜呼哀哉，大周帝国只有我武照一代了。

一声喟叹也使狄仁杰感慨万千：这个妇人渐渐老去，但她非凡的悟性、智慧和预见力仍然不让须眉，真乃一代天骄。

神功二年三月的一个黄昏，一队落满风尘的车马悄然通过洛阳城门，所有车窗紧闭帷幔低垂，即使是守门的卫兵也不知道，是放逐多年的庐陵王一家奉诏回京了。

据说庐陵王哲接到回京诏敕时面色惨白，他怀疑回京之路就是母亲为他安排的死亡之路，及至后来见到阔别多年的母亲，她的白发她的微笑和声音告诉他，回宫并非就是死路，母亲已经垂垂老矣，母亲正在为皇嗣人选左右为难，她的灭亲杀子故事或许只是过去的故事了。

半年之后女皇册立庐陵王哲为皇太子，原来的太子旦则恢复相王之称。在册立太子的大典上，文武百官看见了那个在大唐时代昙花一现的中宗皇帝，他不再是他们记忆中那个轻浮愚蠢的年轻皇帝，现在他是一个神情呆滞身材肥胖的四十三岁的太子，当四十三岁的太子在钟乐声中接受太子之冠时，人们看见二十年的血雨腥风从眼前一掠而过。

假如有谁认为七十岁的女皇已经老眼昏花，假如有谁想在女皇眼前与美男子张昌宗暗送秋波，那他就大错特错了，上官婉儿在女皇身边受宠多年，想不到为了一个张昌宗惹怒了女皇，当宫婢们看见上官婉儿突然尖叫着从餐席上逃出来，她们并不知道餐席上发生了什么事。

其实也没发生什么事，只是张昌宗与上官婉儿目光纠缠的时间偏长了一些，女皇没说什么，但她的手果断地伸向怀中，刹那间一道寒光射向婉儿的面部，是一柄七宝镶金的小匕首，匕首的刀锋碰到了婉儿的璎珞头饰，但仍然割伤了她的面额，婉儿用手捂住自额前淌下的血滴，她美丽的眼睛因惊恐而瞪圆了，嘴里下意识地求饶着，陛下息怒，陛下恕罪。

女皇因为狂怒而暴露了老态，她的头部左右摇颤起来，她想站起来却推不动沉重的坐榻，张昌宗上前搀扶被女皇挥手甩开了，女皇阴沉着脸拂袖而去，并没有留下一句解释或者诉语。

人们很少看见女皇大发雷霆，而且是为了这种不宜启齿的风月之事，七十岁的女皇仍然怀有一颗嫉妒的妇人心，这也是侍臣宫婢们始料未及的。

哀哭不止的婉儿被送进了掖庭宫的囚室里，她后悔餐席上的春情流露，她本来是清楚女皇不甘老迈唯我独尊的脾性的，但后悔于事无补，悲伤的上官婉儿只能蜷缩在囚室的黑暗中，祈祷女皇尽快恢复冷静免其一死。

女皇果然恢复了冷静，但她似乎要消灭上官婉儿的天生丽质了，女皇要在婉儿美丽光洁的前额上施以黥刑，让她永远带着一个丑陋和耻辱的记号，无法再在男子面前卖弄风情。

当上官婉儿看见奚官局的刺青师托着木盘走进囚室时，悲喜交加，虎口脱生使婉儿一阵狂喜，但对银针和刺青的恐惧使她号啕大哭起来。上官婉儿边哭边哀求刺青师用朱砂色为她刺青，后来又哀求刺一朵梅花的形状，美人之泪使刺青师动了恻隐之心，他冒着被问罪的危险，在上官婉儿的前额中央刺了一朵红色的梅花。

上官婉儿后来回到上阳宫，宫婢们注意到她额上的那朵红梅，作为惩罚的黥刑在上官婉儿那里竟然变成了一种独特的妆饰，宫婢们不以为丑反以为美，有人偷偷以胭脂在前额点红效仿，渐渐地宫中便有了这种红梅妆，就像以前流行过的酒晕妆、桃花妆和飞霞妆一样。

这当然是另外的旁枝末节了。

张公饮酒李公醉。

这是张氏兄弟走红洛阳时流传在市井的儿歌，唱歌踢毽的儿童自然不解歌词之意，而那个不知名的创作者一语道破了当时奇异的宫廷内幕。

美男子张昌宗的名字已为世人所知，世人都听说了张昌宗与莲花媲美的故事，有个官吏奉承张昌宗说，六郎貌似池中莲花，另一个官吏却反驳说，不，是莲花貌似六郎。

人们都知道上阳宫里的女皇视张氏兄弟为珍宝奇花，她对他们的爱意已超过了所有儿女子孙，如此说来张氏兄弟凌驾于李姓皇族之上便也不足为怪了。

李、武二族的人们对张氏兄弟的得宠怨声载道，他们认为张氏兄弟的所有资本不过是姣好的男色加上硕大的阳物，便有人在私底下辱骂张昌宗和张易之，骂得兴起时不免就把女皇指为老淫妇了。许多王公贵族都骂了，但倒霉的却是太子哲的一对儿女，邵王重润和永泰郡主仙蕙，还有永泰郡主的夫婿魏王武延基。

魏王府里的即兴话题不知怎么传到了张易之的耳朵里，张易之当时就冷笑起来，好大的胆子，骂了我们兄弟不算，连皇上也敢骂了。张易之当天早朝后就把事情在女皇面前抖出来了，女皇勃然大怒，当即就把太子哲召到殿前。女皇严峻的拷问式的眼神使太子哲肥胖的身体处处沁出虚汗，恐惧之心又狂跳起来。女皇认为养子不教父之过，女皇对太子哲说，我这个做祖母的不会教训孙子孙女，延基的父亲承嗣不在了，但重润和仙蕙是你的子女，我就把他们三人一并交你处置了。

太子哲觉得母亲是在试探他对她的忠诚，太子哲回到东宫时双眼无神，脚步摇摇晃晃的，他对太子妃韦氏说，这回重润和仙蕙在劫难逃了，我得给他们和武延基准备白绢赐死了。太子妃哭叫着让太子救嫡子一命，太子哲说，我救不了重润，谁也救不了，他们要是不死我也就活不好了。

太子哲以诽谤女皇之罪将重润等三人赐死，李重润和武延基死得都很轻松干脆，永泰郡主那时候却恰恰要临盆分娩了，她央求父亲将赐死时辰推迟一天，太子哲含泪答应了。于是永泰郡主就在囚室里拼命地哭叫着用力，想在赴死之前把婴儿挤出母胎，囚室外的女官们听到那持续了一天的叫喊声都暗自流泪，后来里面的声音变弱了，没有了，女官们冲进囚室，看见永泰郡主已经咽气了，地上草铺上都是血，婴儿却仍然没有逃出母胎，婴儿未及出世就跟着母亲仙逝而去了。

代名相狄仁杰七十一岁病殁于宰相任内，女皇曾为之涕泗滂沱，下令废朝三日，女皇每每回忆起狄仁杰命运多蹇的蹉跎一生，回忆起狄仁杰天才的治政之术和卓然功绩，不由得对着殿前群臣长叹一声，狄卿一去，朝堂刹时空矣。

智力平庸的宰相们心中不免泛起酸意，他们记得那一声长叹是女皇对满朝文武的一个最高评价。人们后来说幸亏女皇晚年信任了狄仁杰，幸亏狄仁杰临死前把另一个铁腕人物张柬之推上了权力舞台。

是张柬之后来发动了著名的神龙革命，把女皇逼下金銮之殿。人们认为这是一个充满玄机的循环，这才是历史。

四

十一月的洛阳雨雪肆虐，城外的道路一片白雪黑泥，灰蓝的天空下只见少些披雪的老树，没有车痕，没有行人，不是洛阳已经空城，是百年不遇的雪灾阻碍了京城的交通，几千辆运送粮食的车马在汴州一带等待天晴路通。

洛阳城里饿死冻毙者与日俱增，有百姓成群结队地在官库粮仓门口敲钵呐喊，朝廷没有治罪，女皇命令打开洛阳所有粮仓，以储藏的官米和杂粮赈济难民。

女皇就是在十一月的恶劣心情下病倒的。

迟暮之年卧床不起，这对于任何一个君王来说都是不祥的信号。女皇无法临朝，朝堂就成了宰相们乘坐的无舵之船，无舵之船常常是背离主人设定的方向的，譬如长安四年十一月，宰相们被一个共同的愿望激发起隐秘的革命激情，有人一心想杀了张昌宗张易之兄弟，有人却趁女皇卧病的机会悄悄谋划着匡复大唐的宏伟大业，不管是杀张还是换朝，他们认为机会终于来临了。

女皇隐居在集仙殿专心养病，或许她是希望尽快痊愈回到朝殿之上的，但女皇发现她已经力不从心了，有一次女皇让张昌宗拿了镜子到龙床上来，女皇的眼睛时开时闭地凝视着铜镜里那张老妇的脸，一行老泪悄然打在张昌宗粉红细腻的手背上，我真的老了，回不去了。女皇的声音充满了落寞和哀怨，女皇的手轻轻地推开铜镜，最后抓住张昌宗的衣袖，张昌宗知道老妇人想抚摸他的手指，这是她在病榻上最喜欢做的事，于是张昌宗就把那只瘦如枯叶的手放在自己的手背上，那样的触觉真的酷似枯叶老枝划过，但是张昌宗不敢移开他的手，他闻见老妇人身上死亡的酸气一天浓于一天，但他不敢离开。有人警告张昌宗和张易之，不要离开圣上，离开之时就是你们兄弟的忌日。

我的日子不多了，我已经死而无憾，可你们兄弟如此年轻如此美好。女皇把张昌宗的手无比留恋地贴在胸前，她说，六郎，我唯一的遗憾就是归期将至，我一去还有谁来庇护你们兄弟呢？

张昌宗悲从中来，张昌宗伏在女皇的龙床上为他的归宿而痛哭起来。

匡复唐朝的暗流已经在朝廷上下汹涌澎湃了。七旬老臣张柬之在这年冬天秘密而有效地组织起强壮的革命一派，除了张柬之和崔玄暐两位宰相，中台右丞敬晖、司刑少卿桓彦范、右台中丞袁恕己等人后来也被载入重立大唐的功德簿上。

耐人寻味的是东宫太子李哲，他作为冬天的这场革命的旗帜，始终垂萎而犹豫。张柬之一派恰恰无法忽视太子哲的旗帜，据说敬晖和桓彦范秘密前往东宫晋见太子哲时，太子哲为酝酿中的革命淌了一头虚汗，心向往之却又疑神疑鬼，两位臣相知道这个四十五岁的太子是被母亲吓破了胆，于是敬晖说，太子殿下无须多虑，只须点头或者摇头。在东宫的密室中，他们看见太子哲的脸上闪着一块模糊的光，太子哲最后艰难地点了点头。

起义是正月二十二日发生的，按照张柬之拟订的计划兵分两路，一路是张柬之、崔玄晖和左威卫将军薛思行率领的左右羽林兵五百人，他们在玄武门等候第二路人马。第二路人马将去东宫迎接起义的旗帜太子哲。

第二路人马由李湛、李多祚和太子女婿驸马都尉王同皎带领到达了北门的临时东宫，但是令将士们大惑不解的是太子哲因为恐惧而不敢出宫，太子哲以一番忠孝之理否定了他前几天的许诺，太子哲王顾左右而言他，李湛他们从那个肥胖男人脸上看见的却只有恐惧和疑虑，那是太子哲多年来凝固不变的表情。问题是箭已上弦，不得不发，没有人能接受这种置几百名门外将士于死地的软弱，此地此情没有人能忍受这种软弱。

是驸马都尉王同皎把他的岳父太子哲强行拖到了马背上。

张昌宗听见了集仙殿外的杂沓而尖锐的靴刺声喊叫声，张昌宗对他哥哥说，外面怎么啦，我出去看看。张昌宗披上衣裳赶到门外，迎面撞见一个满脸血污的羽林军尉和一柄卷了刃的马刀，那军尉嬉笑着说，果然是个貌若莲花的男娼，你想必就是张六郎。张昌宗转身想逃，但羽林军尉的卷刃之刀追着他横劈过来，竟然不减锋利，张昌宗的断首之躯合仆在石阶上。

羽林军们无声地冲进了集仙殿，这时候他们仍然不想让女皇受惊。他们只是想先把张氏兄弟杀了。张易之是在一堆乐器后面被发现的，张易之叫了一声，陛下救我。但一群兵士拥上去手起刀落，张易之的血尸最后仍然抱着一只箜篌。

女皇没有听见她心爱的张氏兄弟的呼救声，即使听见也没用了。女皇恍惚地从梦中醒来，看见龙床前站满了人，一股血腥之气从他们的身上弥漫开来，掩住了安息和兰麝的香味。

是反叛吗？何人所为？

女皇的声音听来冷静而疲乏。

龙床前的人们寂然无声，他们觉得女皇的目光缓缓地掠过每个人的面孔，事后回忆那种目光竟然都有寒冰砭骨的余悸。

女皇的目光最后停留在太子哲的脸上，原来是你，我小觑你了，女皇的声音现在增添了一种轻蔑一种鄙视，女皇对她的儿子说，既然已经杀了张氏兄弟，你已无事可为，回你的东宫去吧，回去吧。

太子哲果然后退了一步，假如不是张柬之和桓彦范在后面顶住他的后背，堵住他的路，太子哲极有可能逃之夭夭，女皇退位之事也极有可能功亏一篑。

龙床前的那些人后来回忆起神龙革命的最后一幕，手心里仍然冷汗浸淫。

神龙元年一月二十五日，太子哲在通天宫再次登上皇帝宝座，是为中宗的第二次登基。女皇武照已被尊为上皇，朝廷的诏告说上皇正在上阳宫内静养病体。到了二月四日，朝廷诏告天下，正式恢复大唐国号，各州各县的官府便卸下了大周帝国的赤红之旗，重新插上唐朝的黄色大旗。

百姓们从山川平原上遥望长安指点洛阳，唯有世路艰难风云多变的感慨，十五年大周的日历和文字都随着一个妇人的老去而一页页飘落了。

尾　声

又是十一月的恶雨了，洛阳的天空阴雨绵绵，被幽禁的女皇在上阳宫里临窗听雨。女皇已经白发如雪，枯槁的容颜显得平静而肃穆，几个月来她始终缄默不语，唯有目光仍然保持着逊位前的那份锐利那份威严。上阳宫的庭院里雨声激溅，雏菊的花朵被廊檐上的水柱冲离了枝头，笼中的金丝雀在潮湿的空气中不安地扇动着翅膀。女皇凝望着窗外，宫女们凝望着女皇，她们等待着有人送来新炼的仙丹，但是宦官的黄伞在雨雾里迟迟不见。

宫女们窃窃私语，他们怀疑送仙丹的宦官不会来了，上阳宫和逊位的女皇正在被人忽略或者遗忘，重整旗鼓的大唐王室正在企盼女皇的死讯。这是众所周知的事实了。

苍老的女皇双目微合，茫茫心事犹如檐下雨线一点点地滴落，她的脸上充满回忆之光。宫女们垂手而立，观察着女皇的每一丝表情的变化，在纸灯和烛光的映衬下，宫女们看见女皇的双唇突然启开，一个璀璨的微笑令人惊愕，一句温情的独白使所有的宫女猝然不知应对，过后一些多愁善感的宫女便泫然泪下了。

又下雨了，我十四岁进宫那天也下着这样的雨，女皇说。

女皇想起了她的传奇式的一生，其实那是一个大唐百姓尽人皆知的故事了，宫女们不堪卒听，而女皇或许也不堪回忆，十四岁进宫，下雨，后来怎样了？女皇没有说。

是神龙元年十一月二十六日的夜里，雨停了，七十八岁的女皇在上阳宫溘然驾崩，惊慌的宫人们发现女皇的嘴里含着一只紫檀木球，他们不知道是否该把它取出来，他们在龙床前猜测女皇一生中最后一举的意义，紫檀木球在死者口中的效用是什么？

是为了保持遗容的美丽还是为了在天堂里保持缄默？没有人可以轻易猜破最后这个谜，正如没有人可以猜破女皇的一生。

附录 苏童经历

1963年 　　　　　　1月23日出生于江苏苏州城最北端的齐门外大街，这条充满回忆的大街，后来被虚构成他小说中的"香椿树街"和"城北地带"。

1969年　6岁　　　就读于齐门小学。

1971年　8岁　　　患严重的肾炎及并发性败血症，以致休学半年。在这段病榻时光里，他深刻体会到了孤独与生命的不确定性，也因此开始接触并阅读小说。

1975—1980年
12—17岁　　　　就读于苏州市第三十九中学。作文才华出众，深得老师赏识，经常被推荐参加各类竞赛。初中毕业时，他曾报考南京的海员学校，但遗憾的是未能如愿被录取。

　　　　　　　　在高中时期，他放学后写诗，写家后一条黑不溜秋的河，这条河不仅承载着他的记忆与情感，更成为他虚构创作中的灵感之源。

1980年　17岁　　考取北京师范大学中文系。大学期间，他显得沉默寡言，大

高中时期的苏童

少年时，海军的梦想

部分时间沉浸在阅读小说和文学杂志中，尤其从塞林格的作品中深受启发。

1983年　20岁　　在《飞天》4月号发表处女作组诗《旅行者》（署名童中贵）；后又发表组诗《松潘草原离情》及短篇小说《第八个是铜像》。这些最初的写作尝试，成为他锤炼语言和意境的宝贵训练场。大学的四年时光里，他逐渐找到了属于自己的自由生活状态。

1984年　21岁　　大学毕业，被分配到南京艺术学院做辅导员。他的日常生活却显得颇为懒散：白天工作，晚上则熬夜沉浸在小说创作中，以至于第二天上班时常迟到。开始写作短篇小说《桑园留念》。

1985年　22岁　　成为《钟山》杂志编辑，每天所干的事所遇见的人都与文学有关，还经常坐飞机去外地找知名作家组稿，接触了贾平凹、铁凝、路遥、张承志等知名作家。

1986年　23岁　　与中学时期的同学坠入爱河。他说："她从前经常在台上表演一些西藏舞、送军粮之类的舞蹈，舞姿很好看。我对她说我是从那时候爱上她的，她不信。"

1987年　24岁　　这是他人生的重要一年，他幸福地结了婚。《桑园留念》在投稿三年后，终于被发表在《北京文学》第二期，这标志着他"香椿树街"系列的开端。短篇小说《飞越我的枫杨树故乡》发表于《上海文学》第二期。中篇小说《一九三四年的逃亡》发表于《收获》第五期，他一举成名，成为先锋小说的领军人物之一。

1988年　25岁　中篇小说《罂粟之家》发表于《收获》第六期，后被评论家誉为"百年来中国中篇小说首届一指的作品之一"。发表短篇小说《乘滑轮车远去》《祭奠红马》等。《乘滑轮车远去》被视为20世纪60年代那代人的童年生活的一个标志性符号。

1989年　26岁　他迎来了新生命，"我的女儿隆重降生，我对她的爱深得自己都不好意思"。中篇小说《妻妾成群》发表于《收获》第六期。此时，苏童的创作逐渐走向成熟，他的作品中也开始呈现出一个沉郁复杂的南方世界。

25岁的苏童，摄于上海

1990年　27岁　加入中国作家协会。发表小说《妇女生活》《女孩为什么哭泣》等。

1991年　28岁　导演张艺谋由《妻妾成群》改编的电影《大红灯笼高高挂》上映，该片先后获得威尼斯电影节多个奖项、奥斯卡最佳外语片提名、百花奖最佳影片等殊荣。长篇小说处女作《米》发表于《钟山》第三期，得到评论家的一致肯定，"苏童的这座米雕，似乎标志着他真正进入了历史"。发表中短篇小说《红粉》《吹手向西》《另一种妇女生活》《离婚指南》等。

1992年　29岁　长篇小说《我的帝王生涯》发表于《花城》第二期。他坦言："我的想象力发挥到了一个极致，天马行空般无所凭依。"这部作品与《米》被认为是最具寓言性的新历史主义小说。发表中短篇小说《园艺》《回力牌球鞋》等。获庄重文文学奖。

1993年　30岁　长篇小说《城北地带》开始在《钟山》连载。"香椿树街在这里是最长最嘈杂的一段"。发表中短篇小说《刺青时代》《狐狸》《纸》等。

1994年　31岁　导演李少红由《红粉》改编的电影《红粉》上映，该片获柏林国际电影节银熊奖。创作长篇小说《武则天》（又名《紫檀木球》）。发表中短篇小说《樱桃》《什么是爱情》《肉联工厂的春天》等。这一年也是苏童的旅行和学术交流年，足迹遍布了美国、瑞典、德国等6个国家。

1995年　32岁　导演黄健中由《米》改编的电影《大鸿米店》拍摄完成，但因种种原因该片迟迟未能公开上映。发表中短篇小说《三盏灯》等。

1996年　33岁　发表中短篇小说《犯罪现场》《红桃Q》《世界上最荒凉的动物园》等。"香椿树街系列"短篇小说以这一年为界，这之后创作的《古巴刀》《水鬼》《白雪猪头》等作品的文学想象更加成熟。

1997年　34岁　长篇小说《菩萨蛮》发表于《收获》第四期。发表中短篇小说《告诉他们，我乘白鹤去了》《神女峰》等。

20世纪90年代的苏童

1998年　35岁　发表中短篇小说《小偷》《开往瓷厂的班车》《群众来信》等。作为中国作家代表，苏童与余华、莫言、王朔一同参加意大利都灵东亚文学论坛。同年10月，访问中国台湾，并拜访了知名学者夏志清。

1999年　36岁　发表中短篇小说《驯子记》《向日葵》《古巴刀》《独立纵队》等。

2002年　39岁　长篇小说《蛇为什么会飞》发表于《收获》第二期。发表中短篇小说《点心》《白雪猪头》《人民的鱼》等。2002年至2006年，他的短篇小说写作出现了一次小高潮。

2003年　40岁　发表中短篇小说《骑兵》《垂杨柳》等。

丁聪所绘苏童漫画像

2004年	41岁	导演侯咏由《妇女生活》改编的电影《茉莉花开》上映。发表中短篇小说《手》《私宴》《桥上的疯妈妈》等。
2005年	42岁	发表中短篇小说《西瓜船》等。
2006年	43岁	小说《碧奴》首发，这是全球首个同步出版项目"重述神话"中的首部中国神话作品。发表中短篇小说《拾婴记》等。
2007年	44岁	应歌德学院邀请去莱比锡做驻市作家，在莱比锡生活了三个月，开始动笔写作长篇小说《河岸》。
2009年	46岁	长篇小说《河岸》发表于《收获》第二期，后由人民文学出版社出版。这部作品实现了他的夙愿——"用一部小说去捕捉河流之光"。获第三届英仕曼亚洲文学奖和华语文学传媒大奖年度杰出作家奖。
2010年	47岁	凭借短篇小说《茨菇》获得第五届鲁迅文学奖。同年，他和王安忆一同获得了英国"布克奖"的提名，这是中国作家首次入围布克国际文学奖。
2013年	50岁	长篇小说《黄雀记》发表于《收获》第三期，后出版足本。获选《亚洲周刊》年度十大华语小说。发表中短篇小说《她的名字》等。
2015年	52岁	成为北京师范大学驻校作家。8月，凭借《黄雀记》获第九届茅盾文学奖，他在获奖感言中深情表示："被看见，

然后被观察，那是一种写作的幸运。"同年，由江苏作协调往北京师范大学国际写作中心工作。

2019年　56岁　《黄雀记》入选"新中国70年70部长篇小说典藏"。同年，凭借短篇小说《玛多娜生意》第八次获得百花文学奖。

2021年　58岁　8月，以朗读者的身份参与中央广播电视总台文化类综艺节目《朗读者》第三季。9月，参演的电影《一直游到海水变蓝》在中国上映。12月，当选中国作家协会第十届全国委员会委员。

2022年　59岁　作为嘉宾参加首部外景纪实类节目《我在岛屿读书》。

2021年的苏童

2023年　60岁　受聘为苏州城市学院文正书院兼职教授。同年，他再次与余华、莫言、阿来等录制《我在岛屿读书》第二季。

苏童在《我在岛屿读书》